二人

イレーヌ・ネミロフスキー

芝盛行 訳

未知谷
Publisher Michitani

目次

主要登場人物

アルベール・カルモンテル　資産家、三兄弟の父
ベルト・カルモンテル　その妻
パスカル　長男、弁護士
レイモン　その妻
ジルベール　次男、弁護士
アントアーヌ　三男

ディディエ・セグレ　画家、四姉妹の父
マリーズ・セグレ　その妻、資産家の出
レジーヌ　長女
オディール　次女
マリアンヌ　三女
エヴェリーヌ　末娘

ニコル・ドラネイ　アントアーヌの恋人
ドミニク・エリオ　アントアーヌの友人、資産家
ソランジュ・サンクレール　ドミニクの恋人、マリアンヌの友人

二人

僕らはもう歓喜のために嵐を追い求めない、
もう入り江と浅瀬を避けない
もうどんな日も夜も求めない……
それよりなるべく冒険せずに僕らのゴールに着くんだ……

ルドヤード・キップリング　第二の旅

1　一つの遊び

二人はキスしていた。二人は若かった。娘が二十歳ならキスはごく自然に唇に生まれる！　それは恋ではなく、一つの遊び。娘は幸せではなく、歓びの瞬間を求める。心はまだ何も欲しがらない。子どもの頃それは愛に満ち、優しさに溢れていた。心よ、今は黙っていて。眠っていて！　あなたを忘れさせて！

二人は笑っていた。小さな声で互いの名を呼んだ。（二人はお互いをあまり知らなかった）

「マリアンヌ！

――アントアーヌ！」

それから

「君が好きだ。

――ああ！　どんなにあなたが好きかしら！」

二人は薄暗い部屋の、狭いソファーで横になっていた。ランプは消えていた。もう一組のカップルが、消えかけた暖炉の前の衝立に半分隠れ、彼らにはお構いなく、静かに語らっていた。一人の青年が、脚を組んで床に坐り、手に頭をもたせかけ、眠っているように見えた。彼らは五人とも、田舎のうらぶれた小さなホテルで食事をしていた。娘たちは舞踏会用のドレスを着ていた。気まぐれな、狂った逃避行だった。退屈なパーティーから逃げ出したのだ。真っ直ぐパリの外に出た。憂鬱で、悲しい、戦争が終わって初めての春の復活祭の前夜だった。だが、戻らなければ――もうじき日が昇る。

マリアンヌは起き上がって、カーテンを引き、窓を開けた。ミルクのような濃密で白い霧が見えない川面(かわも)をゆっくりと滑っていた。ひんやりとした水の匂いで川が近いことが分かった。まだ月明かりか、それとも夜明けなのか？　いや、夜は終わっていた。雨が降っていた。とはいえ全てが甘美に思われた。彼らは眠っていなかった。ホテルの空部屋で踊って、飲んで、愛撫を交わした。歓びに疲れたきれいな顔は、そのせいで老けても汚れてもいなかった。何ものも青春の輝きを消さない。

マリアンヌは暖炉に近づいた。赤いモスリンのドレスを着て、琥珀の珠の首飾りを着けていた。琥珀が炎に照らされ葡萄の粒のように金色に輝いた。アントアーヌが唇でそれにそっと触れ、ほっそりした裸の首筋に口づけした。何も言わず、微笑みながら彼女はキスに身をまかせた。ドミニク・エリオの腕の中のソランジュ・サンクレールのように、アントアーヌが知った全ての娘たちのように。恋ではない、快楽とも思わない、だがこの未完成でどきどきする愛撫は、恋と快楽の予感で二度と戻らない味がした。

ソランジュがとても小さな声で尋ねた。

「何時なの？　遅くなった？」

誰も答えなかった。またキス、もう一度……空腹も熱も欺(あざむ)くキス……ソランジュのうっすら淡い金髪が肩にかかっていた。彼女の顔は神秘的で天使のように見えた。あまりに美しく、マリアンヌは彼女を見つめながら言った。

「あなたうっとりするほどきれいだわ、ソランジュ……これまで絶対見たことがないくらい……」

ソランジュは答えず、大きな黒い目を半分閉じた。この晩、すべての思いがぼんやり入り混じっていた……快楽と友情、疲れと歓び。暖炉の最後の火を熾（おこ）そうと、マリアンヌがヒールで叩いた。髪を整えた。彼女はほっそりと痩せぎすで、炎のように生き生きとして熱かった。褐色の肌にはめ込まれた黒い目が輝いていた。アントアーヌがテーブルに近づき、ワインを注（つ）いだ。発たなくちゃ。心残りだが。なんて変わった夜だ……今、彼らは揃って黙り込んだ。もう笑う気もなかった。アントアーヌが言った。

「行こう！　ドミニク！　ジルベール！　出発しなきゃ」

アントアーヌの兄のジルベールは自分を気にも留めずキスをしているソランジュとドミニクの足先に坐り、まだ眠ったふりをしていた。この男は他の者たちより年上で、より心に傷を負いやすかった。軽い物事を軽く扱えなかった。彼はソランジュを愛していた。

「行こう」アントアーヌが繰り返した。

蒼ざめ疲れたドミニクがようやく顔を上げた。

「行けよ、お前は、俺たちはほっとけ！　こんな幸せは二度とないんだ……」

「私、ここで死にたい」ソランジュが呟いた。

死ぬだって……こいつら狂ってる。そんなもん朝になれば消えちまうぜ。だが彼自身、アントアーヌはここで何をしたか？　今夜彼の恋人は空しく彼を待っただろう。彼にはニコルという恋人がいた。彼女を忘れていた……マリアンヌは束の間の愉しみに過ぎなかった。彼は酔いがもたらす火のように熱い正気を感じていた。霧がゆっくり部屋に入って来た。ほんの数か月前、ジルベール、ドミニクと彼自身は、三人ともピカルディ（訳注：フランス北部地域。第一次世界大戦の戦場）の泥濘かフランドルの砂の中に横たわっていた。彼は唇をきつく噛みしめた。ほとんどモンゴル人のような、やや切れ長な緑色の目がらんらんと光った。ああ！　生きていることの何という幸せ！

マリアンヌが立ち上がった。彼の側、ほとんど正面に。彼女はいきなり、彼の思いが分かったように言った。

「すばらしいわね……」

「――そうだな」彼は熱く答えた。

二人とも地中で、数知れぬ殺戮の場で、とっくに骨が溶けてしまった青年たち、兄弟、友人たちのことを考えていた。彼ら、生き残った者たちは結局自分たちも死ぬことを知っていた。それは通常若さが終わった時にしか教わらない授業だ。だが二十歳でそれを学んでしまった者はもうそれを忘れないだろう。ああ！　どれだけせっせと息をし、キスをし、飲み、セックスしなければならないか！

「僕の家に来る？」彼はマリアンヌの耳に囁いた。

「ええ、あなたのいい時に」

ジルベールが彼らの側に来た。顔つきは憔悴し、目はどんよりしていた。顎と頬に髭が生えていた。行こう、発つ時間だ……

アントアーヌは女たちが入りしなにベッドの上に投げ捨てたコートを掴んだ。彼女たちも立ち上がった。ドミニクはランプを点け、バッグ、忘れられた手袋をかき集め、テーブルを眺めた。もうワインは一滴も残っていなかった。マリアンヌはゆっくり赤い口紅を引いた。さあ、どんなふうに帰ろうかしら？　もし両親が予定に反してパリを離れていなかったら、彼女は捕まっていた。ああ！　彼女は自分の運を信じていた。ソランジュはマリアンヌの家で夜を過ごしたと言い、彼女、マリアンヌはソランジュの家で寝たと言うだろう。何にもばれない、絶対何にもばれない。それに彼女たちの両親は揃ってまだ若く、子どもたちの恋愛沙汰よりも自分たちのそれにかまけている。彼女の家庭は当然のように結束する四人姉妹だった。マリアンヌは一番好きな末っ子のエヴェリーヌがいないことを悔やんだ。〝なんて残念……あの子もここにいればよかったのに……〟彼女は思った。この晩は、どういうわけか、普段の逃避行と似ていなかった……忘れられないわ……

　立ち去り際に、彼女はもう一度、室内、暗くて古いベッド、皺になって床に投げ捨てられた花柄の掛け布団、ピンク色の小さなソファーを眺めた。随分前に大喜びで火を着けた大きな暖炉も熱い灰しか残っていなかった。海の泡のように軽い白いレースのフリルをあしらったソランジュのドレスが開いた窓越しに照らされて一瞬見え、それから一同は真っ暗な大廊下を横切った。食堂はがらんとして、籐椅子がテーブルの上に逆さまに並んでいた。砂をかぶった殺風景なテラスの敷居をまたぐと、やっと霧の向こうに黄色く明るい自動車のライトが見えた。マリアンヌは突然むき出しの腕と首筋に朝の冷気を感じた。アントアーヌがくれたコートを掴んだ。ソランジュは何歩か歩くと、額に手を当て、上ずった声を上げた。

「ああ！　私、行きたくない！」

彼らは皆、幸福が終わった時に心を捕える同じ気だるい絶望、不安を感じていた。それでもそこには、地面に水が浸みこむように、まだしっかり幸福が混じっていた。川は最も深い静けさの中で流れていた。夢の中で、人はこんなふうに音も色も無い波が足元に湧き出すのを見る。それは忍び寄って、ほの白い岸辺にあなたを運んで行く。

彼らは魅入られたように、テラスの縁でじっとしていた。だが傍らの藪からおびえた小さな叫びが上がった。灰色の羽根を震わせて鳥が飛び立つのが見えた。鳥は木立の先端にとまった。水の中で魚が跳ねた。鐘が鳴り始めた――復活祭の朝だった。

2　両親の老い

カルモンテル老人は子どもたちを集めた。パスカルとその妻、ジルベール、末っ子のアントアーヌ。復活祭の日曜日が終わろうとしていた。夕食は終った。食事はちょっとこってりしていたが美味しく、ワインは素晴らしかった。

赤い色調の客間の中、春の冷えこみを防いで窓を閉め、家族が席に着いていた。

父と母は向かい合って坐り、息子たちが二人を囲んでいた。砂糖をまぶしたピンクの小さなビスケットが出た。カルモンテル夫妻はカフェインを抜いたコーヒーを、子どもたちはドリップコーヒーを飲んでいた。彼らのために用意されていたが、いつでもちょっと薄目だった。

両親は話に耳を傾け、彼らに目をやり、たまにしか語らなかった。

〝この人たちはもう何も言うことがないんだ〟子どもたちは思った。〝もう何にも興味がない。僕らが差しさわりのない話をするのを待ってるんだ。毎日何を考えてるんだろう？　何と早過ぎる死だ、老いってのは！〟

カルモンテル夫妻は滅多に外出しなかった。妻は心臓が悪く、息切れし、万病を抱えていた。夫は陰気で無口で、書物の中に逃げ込んでいた。もうとっくに仕事は止めていた。古いカルモンテルと息子商会はもう家族のものではなかった。

年長の二人、パスカルとジルベールは弁護士だった。アントアーヌは戦争で学業が中断され、まだ仕事を選んでいなかった。カルモンテル家は古く豊かなブルジョワの家柄で、裕福な暮らしをしていた。子どもたちはもう一人もマルゼルブ通りの暗くて大きなアパルトマンに住んでいなかった。彼らはまるで異邦人のように、古臭く、息苦しく、花も飾っていない広い客間に入った。こんな時、彼らはそれぞれ感じよく、愛想よく、できるだけ息子らしくなろうとした。年長の二人は母を喜ばせるために、母のお気に入りだったためしがないアントアーヌは父の繊細で年老いた顔、悲し気な大きな唇に微笑を浮かばせるために。

両親は一緒にいて幸福ではなかった。しかし年老いた今、二人の間には人には見えない友情が作られていた。共通の敵に対して結束した。家庭の悩み事、子どもたちの忘恩、死への恐れ。嵐は過ぎ去ったが、時により、自分たちの休息、この年で高い犠牲を払って獲得した平穏を脅かす全てに対して同盟意識を持った。

彼らは子どもたちに目をやった。行ったり来たりするアントアーヌは一瞬たりと自分の体を休ませておけなかった。黙しがちのジルベールは両親が知らず、決して知ることもない悩みを反芻していた。パスカルは自分の家族、子どもたち、仕事、愛人たち、数知れぬ心配事に心を奪われていた。彼らを見るのが両親には嬉しかった。周囲に彼らを集めるこんな夜のためだけに、二人は生きていた。子どもたちが来ることを願い、考えるのは彼らのことばかりだった。ところが彼らがそこにいると、とたんに不安に捕（とら）われた。パスカルはどうやってブリュン事件を切り抜けるんだ？……こいつは決して物事をはっきり、じっくり話さん。いつもやたらいらいら、せかせかして……ジルベールは？……この子は恋をしてる、目に見えてるわ。誰かしら？……アントアーヌには恋人がいる、あのニコル・ドラネイ、年上の離婚した女。あの女と結婚するのかしら？　この子は仕事をいつ選ぶんでしょう？　子どもたちといるとまるで心が休まらないわ！　でも知りたがったり、探ったり、散々戦って疲れたこの老いた心を絶えず悩ませたところで、何になるでしょう？　二人は何も知らずにいる方が良かった。落ち着かない子どもたちの人生に、夫婦は何も言わず、密かな哀願を隠した無理解を見せかけて対抗した。〝わしらをほっておいてくれ！　お前たちは充分わしらを苦しめたじゃないか。わしらは疲れた……私たちをほっておいて、可哀そうな子どもたち！……〟これまでも、パスカルの負債、結核になりかけたジルベールがスイスで過ごさねばならなかった二年、無軌道なアントアーヌの性格……とても難しい夫婦自身の生活、二人の不和、病気、何より戦争、三人の息子が前線に行き、そのうち二人が傷を負った……結局、みんなここにいるじゃないか、ありがたいことに、みんな生きている……両親は自分たちには充分休息する資格があると思った。

　コーヒーを飲みながら、ベルト・カルモンテルが言った。

「煙草一本ならいいわよ……」

だが彼女は煙が嫌いだった。不安そうに煙を目で追った。彼女の傍らの小テーブルの上には、閉じた扇、水薬、錠剤、頭痛止めが置いてあった。彼女は扇を取ると、開かずに、やせた長い腕を動かし、ぎくしゃくした身振りで自分の前の煙を追い払い始めた。やつれた顔つき、鉛の顔色は深い体の衰弱を示していたが、骨格はしっかりし、骨は頑丈だった。二十六歳でアントアーヌを産んで以来、彼女は死の危険に瀕していた。彼女が美しかったことは決してなく、がっしりして優美さに欠けていた。だがその顔に、生命と情熱の火が輝いていたのだ。今でもなお、時として、彼女が元気づくと往年の炎が再燃した。だが今夜は違う……今夜、彼女は陰気で不機嫌だった。唇は蒼ざめて薄く、ほとんど見えなかった。顔全体が漂白水に浸されたようだった。ただ黒い目だけが美しく鋭いままだった。夫が、最初に彼女の不安を見て取り、息子たちに諦めて疲れたサインを送った。ほとんど目に止まらなかったが、長いこと訓練された息子たちには分かった。彼らは煙草を消した。カルモンテル夫人は驚くふりをして尋ねた。

「あなたたち吸わないの？　レイモンを悩ませるのが怖いのかしら？」

自分を憐れんだり、自分の病気を思い出させて欲しくなかった。死を思いたくなかった。

パスカルの妻、レイモンは、色白で、額とこめかみの上に網目が五つある漆黒の髪、重たげな筋肉質の腕をした美しく、逞しい女性で、三人目の子どもを妊娠中だった。彼女は馬鹿にしたように苦笑して答えず、編んでいた小さな子供服に目を落とした。

ジルベールは赤いダマスク織の大きな肘掛け椅子のくぼみに身を横たえていた。彼はいつもの仕草で、結んだ指の先を唇に運び、ルカン対ブールジュ裁判の論争点について彼に尋ねたパスカルに、冷たくきつい声で返事をした。（カルモンテル家の兄弟は揃って母親譲りのこの声の響きを持っていた）二人は相手を、偏執的なまでに綿密で、現実的な価値に欠けるが、場合によっては役に立つと評価していた。兄弟の精神的資質を認めることは、自分自身、自分の血、自分の出自の名誉となる。一方、知力への非難は個人にしか届かない。

時に自分自身の言葉、それを発するきっぱりした口調がジルベールを驚かせた。自分にとってつまらぬ問題に、なんて配慮を、なんて知識と技巧を！　だがこの世に重要なことなんぞ……ただ、ソランジュは……

彼は幼少の頃から彼女を知っていた。ずうっと彼女を愛していた。彼女は彼の妻となることを拒否した。だが、ある夜、彼女は彼に身体を与えたのだ。ドミニクが他の女と一緒の夜。愛が終わると、彼女は彼の腕の中で泣いた。不思議な娘たちだ。そんな娘たちの一人と不運にも寝ると、どんな女とよりも体の熱狂が激しいばかりか、彼女たちにのめりこんでしまう。彼は、少なくとも、そんなふうだった。十五から十七の間のスイスでの二年、病気、孤独、治療の間の思索と沈黙の時間、その全てが彼の心、神経に作用を及ぼしていた。アントアーヌは幸せだった。ニコル・ドラネイ、マリアンヌ・セグレ、あるいはもう一人の女、誰とであれ彼は快楽しか求めなかった。そしてそれを見つけてしまうと、賢明にもそれ以上何も望まなかった。彼はほとんど憎しみを込めてアントアーヌに目をやった。二人の兄弟はいつも仇敵だった。ソランジュはどこにいるんだ？　今夜……

彼はランプの方に身を屈め、ゆっくり傘を整え、それから強すぎる光を防ぐように目に手を当てた。

アルベール・カルモンテルが言った。

「ドイツ人は自国製品を我が国に入れたがるだろう。勘定に入れて、そうやって負債全体を帳消しにするんだ……」

アントアーヌが熱心に同意した。一言も聞いていなかったが、彼は父に対して大いに愛情を抱いていた。ここは何も変わっていなかった。空気は穏やかで、少々息が詰まった。家族は独特の、げんなりさせるが、魅力がなくもない倦怠を発散させていた。

「外人ども、仲買人ども、買い占める奴らの天下ですね」

パスカルが、得たりとばかりに、力を込めて会話に加わった。

アントアーヌは立ち上がって彼らから離れ、フラシ天の小さなソファーに坐りに行った。子どもの頃、彼はそこでこっそり『アンクルトムの小屋』を読み、涙を流すのを見られまいと壁に顔を向けた。そしてある日母親に見つかってしまった。自分を見下ろした母の冷たい眼差しを彼は覚えていた。

「この子が泣くのは想像上の苦しみだけよ……」

彼女はいつも兄たちがごひいきだった、あの畜生のパスカル、憎ったらしいジルベール……とはいえ彼とジルベールは母親の面影と興奮した時の冷ややかな口調をいくらか持ち合わせていた。血色が良く、美食家の唇をしたパスカルは異人種のようだった。

カルモンテル夫人は小間使いを呼び、小声でベッドを用意するように命じた。

「もう？　お疲れですの、お母さま？」

レイモンが尋ねた。

カルモンテル夫人は返事もせず、アントアーヌに言葉をかけた。

「あの青年、あなたの友だちのドミニク・エリオ、サンクレールの娘と結婚するって聞いたわ。本当なの？」

「知らないよ。なんでそれを僕に聞くの？」

「別に理由はないけど」

〝ドミニク・エリオがジルベールの不機嫌と無言に何か関係があると思ってるな。母性の勘のお目覚めだ。俺のことだったらこんなに敏感じゃないのに〟とアントアーヌは思った。

カルモンテル夫人は重たそうに杖に寄りかかってその場を離れた。しばらく後、三人の息子は一人ずつ立ち去った。パスカルはパーティーに呼ばれていた。アントアーヌは恋人の家に行った。ジルベールは帰った。屋根のない古いエレヴェータはゆっくり下層階に沈みながら揺れてきしんだ。古めかしい様式の暗くて広い階段は大聖堂のように静かで、陰気で、ものものしかった。

背後で大きな門が閉じると、子どもたちは、思わず、歓びの吐息をついた。

両親は床に就きに行った。カルモンテル老人は灯りを消し、持ち出して朝まで手元にとっておく本を探すために、図書室に入った。選ぶ本自体は絶えず読み返す四五冊の古典と決まっていた。だが彼は楽しみを長引かせ、長いことためらい、慈しむように何巻かの製本を手で撫でさすった。時折行き当たりばったりに一巻をとり、読まずに、半分開いてワインの芳香を嗅ぐように、その匂いを吸い込み、正確な場所に戻すと、また他の一冊を探した。

やっと、書物を腕に抱え、妻と共にしている部屋に入って横になった。妻は眠っていなかった。まず足の痛みを訴え、それから尋ねた。

「食事は美味しかったかしら？　私は一口も食べられなかったけど……あの子たちゆっくりしていかなかったわねえ……いつもせかせかして、いつも獲物を追いかけて。両親はお終いにさしかかっている、それを知ってるのにねえ、でも結局は……レイモンの考えが分からないわ。どういうふうに子どもたちを育てるのかしら？……あの幼いブルーノは、五つで、ヴァイオリンを始めるのね。全然早すぎるわ。繊細なのよ、あの子は。ジルベールに似ているわ……」

彼は聞いて、答えた。ただし、彼女にではなく、自分自身の心配事に。

「パスカルはファルグの手紙を見つけていない。だが、あいつの引き出しに入っていると思うが。あいつは探そうとさえしなかった。あんなだらけた奴は見たことがない、見た目じゃ活動的でいっそ浮ついているが……ランプを消すよ、ベルト」彼は最後に言った。

彼はまた灯りをつけて読書を始めるために、彼女が寝入るのを待った。彼女は目を閉じ、寝ているふりをした。彼が静かに読むのが好きなことを知っていた。だがまだ薄暗い部屋の中で、苦痛を訴えずにはいられず、夫のゆっくりしたため息、ほっとさせてくれる声を聞かずにいられなかった。それこそ彼女が探し求め、もしあるとすれば、天国だけが彼女に与えてくれるものだった。ほっとさせてくださる……〝汝が憩う、神様の御胸から……〟どこでこれを読んだのかしら？……神の御胸の中で、信じ、安心し、永遠に安らいで……パスカル、ジルベール、レイモン……幼いブルーノ、幼いブリジット、生まれてくる三番目の子ども、ジルベール……ああ！　なんて持ち重りがするのかしら、この不安な心は！　ジルベールは彼女に似ていた。彼に限りない憐れみを感じた。パスカルはいつも幸せな運命にあるように見えた。パスカルは運命に対する彼女の密かな復讐だった。赤いほっぺの良い子のパスカル。アントアーヌ……彼女は初めて彼が前線から戻った十四年（訳注：第一次世界大戦が始まった一九一四年）、十一月のあの日を不意に思い出した。数週間前に出征した若者の代わりに、彼女はなんと髭面で、目が深く落ち窪み、整然とゆっくり歩き、ほとんど口をきかない男を見たのだ。奇妙だった……他の二人は、歳月にも拘らず、恐ろしい戦争にも拘らず、自分の子ども、乳飲み子であり続けた。以前のように、手で髪の毛をかき上げたり、腕の中で揺すったりしないために、自分を抑えなければならなかった。ところがアントアーヌは男、他人だった。パスカル……ジルベール……とはいえ、自分の体が一つ一つのくぼみを知っているお馴染みの大きな銅のベッド、暗がりの中の夫の息は心の平穏に最も似ていた。彼女はとりとめもなく、物事や他人たちについて小声で話し続けた。彼は待っていた。だが苛立ってはいなかった。老妻のやかましい声は、ずっと前から、もう彼の休息、一日の終わり、人生の終わりとともに彼の中で生まれた心の静穏をかき乱さなかった……反対に、傍らのベルトの存在は彼をさらに落ち着かせ、心を和らげた。それにしても、この同じベッドで、なんという涙が、なんという眠れぬ夜が。ベルトの嫉妬、諍（いさか）い、疲れ果てて二人は終いには互いの腕の中で眠り、目覚めるとまたお互いを傷つけ始める……アントアーヌの誕生、ベルトの長い病気……しかし、妻のあらゆる病気にも拘らず、彼は自分が先に逝くことをよく知っていた。目を閉じた。彼女は黙った。半ば眠っていた。また目覚めてレイモンの愚痴をこぼした。彼は元気づいて、彼女に同意した。二人とも嫁を嫌っていた。二人は若い時より、互いに対して寛容だった。しかし、人生に求めなくなったものを、人は子どものために期待する。そうしていつも同じこと、幸福は逃げ去り、魂の安らぎはなかった。ようやく、彼女は眠った。彼はランプをつけ、読み始めた。

3　ダンス・パーティ

真夜中、アントアーヌはサンルイ島のアパルトマンに帰る途中だった。戦争以降、彼はその家を親友のドミニク・エリオとシェアしていた。ニコルは翌日まで自分の側に留まるようにしつこく言い張ったが、無駄だった。快楽が果てた時、女と眠るのはご免だった。彼は思った。〝ベッドに変わるソファー、平たくて固い枕が俺には必要なんだ〟

ニコル・ドラネイは、金髪で、まだとても美しく、琥珀の肌よりきれいな髪、ビロードの目をして、三年来彼の恋人だった。優しい眼差し、ふっくらした頤(おとがい)、官能的でいて善良な表情を浮かべる口元故に、彼は彼女を愛し始めた。彼は好んで彼女のことを十五の時に人からもらって、その死が最大の悲しみの一つだった雌犬のミルザのようだと言った。〝彼女はいい人さ……〟その善良さ、優しい愛欲と、彼女が見せつける放縦な習慣のコントラストには抵抗できなかった。

〝彼女が面白いのはそれさ〟アントアーヌは思った。〝メルトゥイユ侯爵夫人（訳注：ラクロ「危険な関係」の主要人物）風の仮面ごしに透けて見える古いブルジョワの地(じ)、それもなんて時に！　〝素晴らしい妻になるだろうな。だが、年よりの放蕩者か、馬鹿な若者にしか出会ってこなかった〟

彼は幾晩か前、悪所の出しなに、彼女がどんなふうに母親然と恋人の首にネッカチーフを結んだか思い出しながら、微笑んでうなづいた。彼はまだ彼女に執着していたが、彼女はしょっちゅう、彼を退屈させた。自分の寝室に入ると、彼女が昨日の晩自分に届けさせた薔薇の花束が目に入った。彼女は男を気取るのが大好きだった。彼は喜んでその花を受け取った。花が好きだった。とりわけ、こういうのが。珊瑚のような硬い棘があり、固くしまって薫り高いくすんだ色をした小さな薔薇がほとんど野生の茂みのようにいっぱい詰まっていた。

枝の一本に、彼はピンで留めたドミニクのメモを見つけた。〝ソランジュ・サンクレールが二人でセグレ家に来ないかって電話してきた。親のいない間に、子ネズミたちが踊ってるようだぜ。あっちで待ってる。何時でもいいから来いよ〟

〝俺は行かんぞ〟アントアーヌは思った。〝遅いじゃないか。もう一度車で出るのはご免だし、この辺で夜中過ぎにどうやってタクシーを見つけるんだ?〟

だが、興味はあったし、心をそそられた。これまでマリアンヌとはサンクレール家で共通の友人と一緒に会っただけで、彼女の家には一度も招かれたことがなかった。住んでいる家を知りたかった。彼女が画家のディディエ・セグレの娘で、母親がワリー一族(ロレーヌ地方の鋳造所のワリー家)の出であることは知っていた。

この結びつきとそれに先立つスキャンダルは話に聞いていた。恋人たち、文無しの画家と金持ちの相続人は逃避行に走り、結婚前に子どもが生まれた。マリアンヌか、姉妹の一人か?

〝まあ! 行って、一時間いようか〟結局彼は思った。

二時間後、彼はセグレ家に着いた。一家はブーローニュの森に近い、前庭のあるこじんまりした館(やかた)

に住んでいた。両親はいなかった。娘たちが自分の友人たちを招いていた。ほとんど照明のないアトリエの中で、何組かのカップルが踊っていた。他の連中はクッションを敷き、床に寝そべっていた。レコードが豊かな水で息が詰るような、甘く、どきどきさせる、澄んだ曲を奏でていた。（ハワイアンの曲はその時彼らの間で最先端だった）マリアンヌは炎のように赤い昨日の晩のドレスを着て、琥珀の首飾りを着けていた。彼女は鮮やかな色彩と、ボヘミアの宝石が好きだった。顔からはお化粧も白粉もとっくに消えていたが、夜更かしも、ワインも、疲れも、日焼けした熱く若い肉体の輝きを変えていなかった。彼女は踊っていた、だが同時に、彼女の中で、見えない分身が、アントアーヌの腕の中で静かに空気中を滑る軽やかな自分自身の姿、赤いドレス、黒髪、むき出しの腕を見つめていた。若さの中で、幸福が苦しいほど最高潮に達するある瞬間、人は同時に役者であり観客――自分自身に酔いしれ、恋をする観客なのだ。彼女がどれだけ快楽を愛したか！　両親がそこにいなければ、お利口さんに寝るなどあり得なかった。快楽なしに、若者だけが創り出すこの異様な感動なしに、どうして一夜を無駄にできよう！　彼らから見れば、最高にきらびやかな舞踏会もこれには決して敵（かな）わない。一瞬一瞬が大切で、かけがえがなかった。若さだけが時がどんなに速いかを知っている。もっと経てば、人は病気、不運に慣れるように、人生の短さに慣れてしまう。だが、二十歳なら、過ぎ行く一瞬一瞬を、引き留め、抱きしめたい、後々、成長する子どもをそうしたくなるように！　なおさら大切なのはアントアーヌではなく、恋でもなく、快楽だった。どれだけ彼女が幸せだったか！　時として、目に涙が溢れるほどの幸せ。（彼女は飲み過ぎたし、寝不足で酔っていた）

二人は小さな声で話した。

「君は誰？　君のことは何も知らない。ディディエ・セグレの娘だって聞いたけど。ほんとにセグレ、画家の？」

「そうよ」

「四人姉妹だって？　どこにいるの？」

「あれが姉のレジーヌ」彼女は黒いビロードのドレスを着た娘を指さした。完璧で冷たい顔立ちだったが、もう心持ち、色あせていた。「あの小柄で金髪の、猫みたいなの、あれがオディール。最後が四番目のエヴェリーヌよ」

「君が一番若いの？」

「いいえ、エヴェリーヌが末っ子よ。私は二十歳、でもあの子の方が私より女ね」

アントアーヌはマリアンヌより大柄でもっと美しい娘を見た。裸の背中と腕は花の輝きだった。その体と顔の極度の美しさが彼に強烈なショックを与えた。

「君の両親は？」

「素敵よ。でもいつもお互い遠いし、私たちとも遠いの。で、あなたは？　私だってあなたのことを何にも知らないわ。ドミニク・エリオの友だちでしょ？　お年はいくつ？……いや、待って！　あなたドミニクと似ているの？　何がお好き？」

「僕は二十六だ。ドミニクとは似ていないよ。たぶんあいつより乱暴さ。僕の好きなもの？」

彼は何も言わず、彼女を引き寄せた。だが直ぐに二人はまた話し始めた。小声で息を切らせながら、打ち明け話を交わし、互いのポルトレを急いで話し終えた。

「小さい頃はどんなだったの？」

「無鉄砲、喧嘩好き、劣等生。で、君は」

「私、姉や妹は私を〝Perpetuum Mobile（訳注：常動曲）〟って呼んでたわ」

「僕は君を〝炎〟って呼ぼう」彼は言った。

「もう昨日、この腕に君を抱きながら、君は……火のように輝いて、捕まえられないって思ったんだ」彼はとても小声で彼女の耳に囁いた。

「まあ、昨日？　あなた覚えてるの？」

「明日、パリの外に行こう、一緒に、そう二人きりで」

「ええ」

「それで……僕が望むものは何でも？」

「ええ」彼女は頷きながらもう一度言った。

「恋人はいたの？」

「いいえ、全然」彼女は言った。

二人は突然、そんなふうに話したことに驚いて口をつぐんだ。

マリアンヌが優しく言った。

「夢の中みたい、そうじゃなくて？」

二人はその時、窓辺に陽が昇るのを見た。レコードは止まっていた。家の中では誰の声も聞こえなかった。二人は別れた。

4　全てに疲れて

ドミニク・エリオは誰もいない小さな客間に逃げこんだ。そこなら音楽は低くこもってほとんど届かず、一人でいられた。彼は孤独への願望と世間への願望の間を揺れ動きながら人生を過ごしていた。〝最高にくだらん会話に俺ほど力を浪費する者もいまい。俺ほど人を憎む者もいまい〟

彼はウイスキーを注ぎ、セグレ氏の未完成のカンバスを眺めた。壁に向けて、床に置かれていた。彼はその一つを取り、灯りに運んだ。女の顔で髪の毛と首は白地のままだったが、一つ一つの描線に才能が息づいていた……なんて誠実な……カンバスには一九〇三年の日付けが記されていた。この画家が器用な職人になっちまった、ディディエ・セグレが！……　〝同じ男がこれとマッケイ老婦人の肖像を描いたなんてことがあるのか？〟ドミニクは思った。どんなふうに？　それを知る……そうだったに違いない彼の人生、結婚、マリー＝ルイーズ・ワリーとの小説じみた話を想像するのは面白いだろう。おそらく金銭欲か、それとも麻薬か、モルヒネ中毒って話だが、それとも女か、それとも単に、でたらめな生活習慣か？……彼はもう一度ウイスキーを注いだ。昨日の夜からアルコールを飲み過ぎていた。だが酔いは感じなかった。単に疲れていた。世界の全てに、何より自分自身に疲れていた……

彼は鏡に近づき、蒼ざめて若さのない顔、刺すような目、広い額、細くて強い骨格を眺めた。

〝これしか取り柄がない〟痩せた体、ほっそりしたなで肩、見えにくい金色の眉、唇の端にかすかに皮肉な皺が刻まれたほとんど女性的な口、自分の面長の顔を容赦なく見ながら彼は思い、心底驚いた。

〝俺の何がいいんだ、あのきれいな娘は？　じゃ俺は？　俺は彼女に何を求めてるんだ？　俺たちに共通する願望なんかない。全ての女と同じで、彼女が願うのは、捕まって、護られること。探し求めるのは結婚、安定、持続、監禁だ、それで俺は……内面の自由、おそらく……〟

彼は結婚したソランジュと自分自身を想像した。完璧な趣味で飾られ、家具を備えた美しい屋敷。二人とも装飾感覚があった。〝それで……俺の死、あるいは彼女の死までの長い歳月、何が起きるのか？……〟

だがもしかして俺は自由過ぎるのか？　男には隊列に組み込まれ、奴隷でいたい欲求があるのか？自分が成り行き任せで、自由だと感じることへのこの渇き、もしかしてそれは単に忘れられぬ思春期から来るのか？　誰にとってもそうであるように……ほぼ生まれながらの孤児、豊かだったが一番陰気な学校に閉じ込められ、俺の財産を管理する役割を負わされた親戚たちの妬みや羨望を身の回りに感じ、体調を崩す度に後見人たちの顔が輝くのを見て……

子どもとして、若者として、彼はそこに滑稽な要素を見つけてやろうと果敢に試みた。今になって初めて、過去の悲劇、孤独、欠落を進んで正面から見つめた。

〝もしかしてある日ソランジュこそたった一つの幸福のチャンスだったと思い知るのか？　もしかして、俺にとって、見ず知らずか、会うとも知れぬ別の女、そいつがこの幸福のチャンスを引き止めるのか、全ての男に一度は差し出されるチャンスを？　彼女の側を素通りしてしまう、彼女を逃がしてしまうのは恐ろしいが。ああ！　結婚がどんなに怖いか！　あり得る冒険、あり得る恋を受け容れるために俺は自由なままでいたい〟

彼はある時は額縁、またある時はテーブル上のランプに触れながら行ったり来たりした。

〝物にしか心を寄せないことを学ぶ必要があるかも知れない〟彼は思った。

彼の父親は物置にしまわれて、彼が楽しんでいない見事なコレクションを彼に遺していた。成人後何年間は、後見の清算、反故の山で彼には息をつく時間も、何年か旅をする時間もなかった。それから戦争が勃発した！〝もし結婚したら、あれを取り戻せるだろう。妻は物に嫉妬するか？　もし彼女にちょっと見識さえあれば……そうでなきゃいかんし……ああ、心を寄せるのは、例えば、南京の貴重な茶碗だけ。なんと！　心には分別があるんだ、人が思うのとは反対に……僅かなことで満足する……だが要求の多い体、嫉妬深い体は？……〟

隣室の言葉と笑いが聞こえた。彼は壁にもたれて、目を閉じ、ソランジュのことを思うまいとした。だが若者たちのにぎやかな声の中に彼女の声が響くのを聞き分け、その足音で胸が騒めいた。

彼はドアを開け、彼女に合図した。

「お出で！　行こう！」

何も言わず、彼女は従った。二人は「マドリッドの城」で夜を過ごした。

彼は彼女を腕に抱き、突然言った。

「お前が妻になってしまうとは……なんて残念な！」

「悩ましの妻ね」彼女は呟いた。
その時彼は自分の苦しみとも無上の歓びともなる夢を極度にはっきりと想像した。結婚したソランジュ、母になったソランジュ……自信を持って、確かにまだ美しい、二十歳の時より美しいかもしれない、だがもう謎がない、驚きがない。彼女にはもう歓びから悲しみへの、情熱から冷酷への、絶対の忠実から最も奇妙で、最も説明のつかない裏切りへの意表をつく豹変はあるまい。この時、彼はジルベール・カルモンテルのこと、彼女が自分に告白したことを思い出した……なんだって、なんだってこの女がそんなことを？　だが自分の欲望の謎めいた源が、その矛盾、彼女自身分かっていない心と官能の働きの中で生れたことを彼はよく知っていた。そうだ、彼女は妻に、終わった存在になってしまうのか。もし彼女と結婚したら、その時俺は何を感じるのか？　安らぎ、充実か、あるいは、逆にうんざりした思いか？　結婚の結びつきの中で、恋から友情へどんな道筋ができるのか？　結局互いの富であろうとして傷つけ合うのをやめるのは何時か？

　それでも二人は別れるに違いない。彼女はそれが分かっていた。彼を失うことに慄いた。愛人、妻、彼が望むものになろう。彼に感じる狂おしい執着、それだけが大切だった。彼は時折彼女を残酷に扱った。彼女は残酷さそのものを愛した。時により、彼女は自分が彼を憎んでいると思った。だが彼女の歓びはこの憎しみそのものを糧としていた。

5　傷つけ合う歓び

春が終わった。マリアンヌにとって人生で最高に幸せな年が終わろうとしていた。既に、ある時間は知らず知らず甘美さを失っていた。少しずつ悲しくなり飽きてしまう優しく楽しい音楽のように。ある日々には、今、影が差した。純粋な歓びの時は過ぎ去っていた。幸せと悲しみが濁った合流点を作り、以降は合流した二本の大河さながら、互いに密に混じり合う時が来ていた。だが人生はまだ何と美しい！　マリアンヌが舞踏会の夜と、それ以上に、早朝の帰途をどれだけ愛したか！　光り輝く暖かい屋敷を出た。外は雨、陽はほとんど昇っていなかった。通りはもの悲しく、暗く、汚かった。破れた古いポスターが朝の風にずたずたになって飛ばされた――〝彼らは命を与えた。あなたの金を与えよ〟そんな全ては古くなり、忘れられていた。ダンスは止めていた、だが、彼女の中で、まだ血が踊っていた。連れ立った男たちの腕、胸に身をもたせかけた。別れられなかった。どれだけ愛し合ったか！　どれだけ分かり合ったか！　熟年になれば人間関係を変えてしまうためらいも驚きも無い。それは友情ではなく、一緒にいる時しか人生がまるで意味を持たないほどもっと官能的で、もっと優しく、もっと甘美な思いだった！　男たちはとても単純で、変わらないように見えた。こんな利口。こんな馬鹿。あちらは誠実で親切。この人は粋（いき）。でも永久に固まって、もう動きそうにない。それでも、自分が夜明けに、全てを前にしていると感じる。明日は何もかももっと良くなるだろう！　だが日々が過ぎ、人生が過ぎても、一番いいものはやって来ない。絶えず期待し、何故か分からぬまま、絶えず裏切られた明日、結局それが青春を萎れさせる。それもなんとあっという間に！　毎朝、マリアンヌは目覚めながら、幸せはつまりここにある、自分はそれを掴もうとしている、それは単に瞬時の歓び、快楽ではなく、別のもの……と思った。何かしら？　彼女には分からなかった。彼女は待った。ところが、彼女が日に日にアントアーヌをもっと愛したのに対し、彼は彼女に夢中にも無関心にも見えた。一緒にいる時は夢中だが、離れたとたん忘れてしまう。

　彼女が好きでなくなったのではなく、彼は心も体もあまりの豊かさに唆され、時にはいいことがあり過ぎて参ってしまう年頃だった。ひょっとしたら彼は一日半の間しかマリアンヌを愛さなかった。ニコルとの関係を止めていなかったし、他の女たちも人生に溢れていた。ひょっとしたら彼は一日半の間しかマリアンヌを愛さなかった。後になって、二人は関係の初めの頃を無造作に〝恋〟と呼んだ、そして実際、欲望、一種優しい愛着は長い間あり続けた。だが本当の恋の炎は既に去っていた。それは復活祭の前夜から、彼が〝明日、あいつは俺の恋人になるな〟とか〝もし結婚しなきゃならないなら、あいつは俺の妻になる〟と思いながらセグレ家を出た朝までは続いていた。恋はしばしば恋の瞬間の思い出に過ぎない。

　アントアーヌがマリアンヌのせいで、とりわけ彼が言い寄ったかなりきれいなアメリカ女のせいで放りっぱなしにしたニコルは、悲しみ、嫉妬した。奇妙に屈折したやり口で彼女が彼にしかけた諍いが、アントアーヌのマリアンヌとの行動に影響を及ぼした。初めて、彼は彼女を自分の家に来させた。前の晩ニコルと喧嘩していた。彼女は死んでも嫉妬を認めなかったが、言葉の一つ一つがそれを叫んでいた。彼女は最後に泣き咽んで言った。

「ああ！　あなたは愛することを知らないわ！」

彼には彼女が老けて、いたましく見えた。充分に優しいキスを彼女に与えたが、女たちは中途半端な勝利では満足しない。彼女は子どものように振舞った。

「愛してるって言いなさい……さあ、私にそう言って！」

彼はぐったりして出た。

翌日、彼はマリアンヌに家に来るように電話した。初めてだった。これまで二人は人目につかぬようパリの外で会っていた。彼女はまだ彼の恋人ではなかった。

彼女はとうとうソランジュはもう知っているサンルイ島のアパルトマンを見た。彼に関する全てと同様、彼女はそこに興味津々（しんしん）だった。

彼は大きな古い建物の最上階に住んでいた。客間は半分は応接間、半分は仕事場で、広いというより長かった。両端に窓があり、一つは暖炉の上の普通鏡のある所、もう一方は小さな赤いソファーに半分隠れてその正面にあった。壁は薄い緑に塗装され、黒人の仮面が飾ってあった。家具には、ソファーと三つの青い椅子を除いて、毛足が短く、くすんだ灰色のスエードに似たビロードが被せてあった。部屋には暖房がきいておらず、風が吹き抜けた。マリアンヌは身を震わせた。ここでは何一つ感じよく見えなかった。寒さを訴え、コートを着たままでいようとした。

「ああ！　でも俺は寒い部屋でないとだめなんだ」

彼は子どもの頃の暖房がきき過ぎた客間を恨めしく思いながら言った。

「そんなことあるの？　私は寒いのが大嫌い。なんて怖いの、この黒人の仮面！」

彼女は言った。

「これか、これは最初の家主が持ち込んだ安物さ。このアパルトマンはアメリカ人が家具を入れて装飾したんだ。始終酔っぱらって、アル中で一年前に死んだ。ドミニクはもし俺たちが何であれ変えようもんならそいつの霊魂が俺たちを苦しめに戻って来る、酔っぱらいの霊魂ほど執念深いもんはないって言い張るんだ。あいつは以前のアメリカ人の部屋で寝てて、これ以上ないっていう変な夢を見るんだ、だからあいつは家具を絶対に動かさない」

「それであなたはここが気に入ってるの？」

「ああ、この家が大好きだぜ」アントアーヌは傲然と言った。

しばらく前から、二人の最も単純な言葉は熱い要求の調子を帯びていた。同じ口調で彼が尋ねた。

「そのコートずっと着てるのか？」

「お嫌（いや）かしら？」

「そうしたいのか？　全然嫌じゃないさ！」

「飲み物ちょうだい」

「ウイスキーしかない。君には強すぎるぞ」

「何言ってるの……飲めるわ、知ってるくせに……」

「君は色んなことをを知り過ぎだよ」彼は呟いた。

彼はアルコールの瓶のある小棚を指さした。彼女はちょっと飲んだ。だが直ぐに、それを置いてアントアーヌの側に戻った。

彼はソファーに寝そべり、胸の上に腕を組んで、黙って彼女を見た。ようやく言った。

「こっちに来いよ……」

彼女は従った。彼の側で横になった。手が冷たかった。彼は彼女を自分に引き寄せ、自分の脇腹にぴったり触れるように抱き留めた。目を閉じて黙っていた。

話したというより、彼女は思わずため息を洩らした。不安な呻きを抑えられず、後で洩らしてしまった自分が許せなかった。

「あなた、私を愛しているの?」

彼は答えなかった。こう思った。〝俺はこいつの何が好きなんだ? きれいでさえない。少なくとも、この先ずっときれいじゃあるまい。小さなあばずれだ、御多分にもれず。頭がいいか? 教養の代わりに口は何でも達者だが、二十歳でどうして分かる? 手首と足首はほっそりしてる。そりゃ否定できない。それにまだ落ち着かない元気で優しい声、笑ったり甲高くなると子どもの声、他の時は女の声……〟彼女の上に身を屈めて愛撫し、彼女が当惑した叫び、熱い呻きを上げるのを、彼は注意深く、感動して、微笑みながら聞いた。彼は思った。〝ほらこいつは女になる、これが女の声だ。俺の好きな低くて優しい声。ここに何時間か大好きだった娘がいる。望めば、十五分で俺の女になる、だがこいつを愛しているか? 偽りなしに、愛していると俺は言えるか?〟

「いや、俺は君を愛していない」彼はとても小さな声で言った。

そしてニコルを思い出しながら——

「俺は愛することを知らないんだ」

彼女がいとも簡単に彼に屈したにも拘らず、おそらくその簡単さ故に、彼は時々彼女を傷つけたくなった。少なくとも、彼女が忘れない記憶を刻みつけるために。〝なにしろそれより他は……俺は多分来るのが遅すぎたのか……たとえこいつが本当のことを言ってるとしても……まだ恋人がいなかったとしても……〟

彼は尋ねた。

「お前、もうこんなふうに男の部屋に行ったことがあるのか?」

「ええ」彼女は言った。今度は自分が彼を傷つけてやりたいという欲望に駆られて、心の弱点を見分ける女の確かな本能（そして彼にとって、これはまだ決して意識したことのない嫉妬だった）から、ある種のイメージの秘められた力を知らない乙女の無邪気さから、そして、結局、それが事実だったから。

彼は彼女から離れ、彼女が残したウイスキーグラスを取り、自分で満して一気に飲んだ。

彼女の足元の床に坐り、突然娘の体の線をくっきり示す白いスエードの細いベルトに手を当てた。

「これを解け……」

直ぐに彼女は従った。彼は彼女をじっと見つめ、ベルトを引き抜き、自分の手首に巻きつけた。そして微笑みながらそれを彼女に渡した。

「だめだ、やっぱりだめだ……」

彼は皺が寄らないようにドレスを引き寄せて、自分でそれを締め直し、メタルのバックルを留めた。

〝こいつを泣かしてやりたい。もし泣いたら……〟彼は思った。

だが彼女は（まだ）泣かなかった。挑むように彼を見つめた。

「かたちばかりの振舞いね。そうじゃない？」

「その通り。君が確かに俺に差し出したがる健気さだけで満足することにした」

彼女は立ち上がり、髪を直し、小さな紗の襟を整え、白粉を塗り直した。彼は黙って彼女を見ていた。彼女は言った。

「じゃ、これまで通り、半分恋人、半分友達ね」

「そうだな、新しく指示するまでは」

彼女は無礼な答えを返してやりたかった。だが彼は優しく彼女の腕を抱きしめた。彼女は微笑んで、屈服し、泣くのをこらえながら黙りこんだ。しばらく後、彼女はアパルトマン、家具、画に思いっきり嘲りをぶちまけた。去り際にニコルの写真の所に行った。最初の瞬間に、二人が横たわったソファーの側のテーブルの上で目にしていたが、まだ大っぴらに見る勇気がなかった。

「どなた？」

「それか？　俺の恋人だよ」

「私、この人とっても好き。知り合いたいわ」彼女は虚勢を張って言った。

「お安い御用だ」

二人とも微笑んだ。だが二人の目はきつく疑り深い表情を保ったままだった。若者の場合、欲望は先ず遊びの、それから戦いの仮面を着ける。軽蔑、残酷、苦痛こそ彼らの最も密かな悦楽だったが、二人はほとんどそれを意識していなかった。二人とも優しさを知らず、知りたくもなかった。自分たちはそれに相応しくないと思っていた。傷つけ合うことに歓びを見つけていた。二人の心は新しく、傷口は容易く塞がった。彼は彼女をニコルに会わせると約束した。しばらくして、彼女は立ち去った。

6　ニコルの部屋

ニコルは自分の家に青年たち、若い娘たちを招いた。その中にマリアンヌがいた。ほぼ裏社会に生きる離婚女性の家に、それも親たちに隠れてこっそり行くのは、マリアンヌや彼女の友人たちにとって、怖さと怪しげな魅力が半々に入り混じる楽しみだった。

皆がアントアーヌとニコルだけをテラスに残して立ち去った時、マリアンヌはそっと戻り、半分開けておいた扉から身を滑らせた。玄関の敷居で立ち止まり、自分の心臓の鼓動ほど速くない大時計の打つ音を暗がりの中で聴いた。それからやっと落ち着くと、客間を横切った。びっくりさせちゃったら何て言おう？　〝いいわ！　コンパクトを忘れちゃったとか……ハンドバッグとか！　何だっていいわ！〟しかし、彼女は限りなく用心深く進んだ。息を詰め、床の敷板を恐々と足で踏みながら。突然、目の前の鏡の中に立ちはだかる自分の姿が目に入った。初めは、蒼ざめて緊張した自分の顔も、自分を見ている慄(おのの)き見開かれた目も分からず、彼女はびくっとした。

テラスの前の部屋に身を滑らせると、彼女が二人に残しておいたござの上にいるアントアーヌとニコルが見えた。ランプの灯りの輪の中に、二人きりでいた。ニコルはドレスと金髪に掛けたモスリンの肩掛けしか見えなかった。彼女が指にはめた重い金の指輪が磁器のカップに当って音をたてた。

「コーヒー冷めちゃったわね」ニコルが言った。

「かまわんさ」

アントアーヌは煙草を取った。すると彼が言葉を発する前に、彼女はもうライターの炎と灰皿を彼に差し出した。彼は微笑んで彼女に礼を言った。

「いいご気分？」彼女は尋ねた。

彼は満足そうに軽いため息を洩らした。

「とっても……」

マリアンヌはどんな言葉も、どんな愛撫も我慢しただろう。だがこれはいけなかった。この優しさ、この落ち着いた親しさは。

〝恐ろしいのはこれなんだわ〟彼女は思った。

今、二人は話をしていた。彼女には言葉の一つ一つが聞こえた。何も彼女と関係なく、そもそも恋人としての二人にも関係無かった。一番普通の言葉づかい、一番ありふれた話題。ニコルが注文したドレス、アントアーヌが最近聴いたコンサートのことを話していた。二人は友だち……のように見えた。少なくとも……マリアンヌより生き、より多くの人を知り、より多くの本を読み、つまりはともに、彼女が分かち合えない財産――経験を持つ一人の男と一人の女のように。

なんと彼女はアントアーヌと遠かったか、彼女、マリアンヌは！　なんと少ししか彼を知らなかったか！　なんと彼に対して無力だったたか！　自分の無知、弱さをこんなにまざまざと見たことは一度もなかった。いつか彼女は心から恐れ、憎むこの女のように、アントアーヌの女友達になるだろうか？

最後に、彼がニコルがしたいと望んでいた旅行について、毎年先延ばしにすると彼女を非難すると、ニコルが言った。

「あなたが私から去ったら、行くわ」

彼は何も答えなかった。彼女は彼から目を逸らした。マリアンヌはニコルの顔に自分の知らない表情を見た——深刻で、苦い。

「もうじきあなたが私から去るのは分かってるの……」

「なにを馬鹿な」彼は呟いた。「君に何が分かるんだ？」

「死すべき時ぐらいよく分かってるのよ……」

「いったいどうしたんだ？　今夜は」

「別に」沈黙を置いて、彼女は言った。

それから彼女は会話を変えた。口調を変え、わざとそうすることをはっきり示しながら。二人が交わすいくつかの言葉は、ニコルが自分と同じように苦しんでいることをマリアンヌに示し、マリアンヌをほっとさせた。しかしここでもう一度、彼女の二歩先で、彼女が疎外される優しさと信頼の不思議な円環が閉じた。アントアーヌは伸びをして、目を閉じた。ニコルが小さな声で言った。

「さあ、彼はおやすみね……」

彼女は彼のことを、彼の前で、一人の子ども、自分の子どものように話した。絶対、マリアンヌにはできないことだった。彼女にとって、アントアーヌは異邦人、未知の男だった。この女にとっては、一人の友、ほとんど配偶者、ほとんど子どもだった。

アントアーヌは眠るか、眠るふりをしていた。マリアンヌは静寂の中で、窓ガラスを擦る自分のドレスの微かな音がニコルに聞えるのを恐れた。息をひそめ、よろめき、涙で目が見えぬまま、彼女は外に出た。

7　休戦後のパリ祭

七月になった。蒸し蒸しする短い晴れ間はあったが、秋のように肌寒かった。ある日アントアーヌとマリアンヌはパリから出て、二人きりで車に乗っていた。前の晩、休戦以来初めてパリ祭が開催された。早朝街を離れながら、二人は騒ぎ疲れてまだのろのろ街路を流れていく人の群れを見た。

二人はルーアンの近くで昼食を摂った。今、村々で人々は踊っていた。セーヌ沿いに二人は戻った。車は人混みに押されてしょっちゅう停まった。至る所野外ダンス、青、白、赤の布をゆったり被せた陳列、木の葉のアーチ、旗が通りを遮り、カップルたちは大河の土手まで出て踊っていた。

二人は酔客でいっぱいのテラスの前で停まった。旗とトリコロールの花束を着けた支柱で囲まれていた。安物のワインがグラスに溢れていた。小さなオーケストラの演奏で人々は踊っていた。軍服姿のアントアーヌは歓呼の声で迎えられた。抱き合ったカップルたちに妨げられて、車はもう進まなかった。

若者たちは降りて、冷えたワイン、薄切りのトースト、果物を注文した。埃っぽい空気の中で、結婚式のように祝砲が鳴り響いた。近隣の村々で放たれた祝砲はセーヌの岸から岸へ響き合った。音と火薬の匂いに群衆はわっと歓呼の声を上げた。ようやく太陽が雲を貫き、砂を被ったテラス、白いテーブルクロス、館、大河に熱く惜しみなく降り注いだ。マリアンヌはこの春、復活祭の前夜を過ごしたホテルを覚えていた。アントアーヌはわざと来たのかしら、それとも偶然？　彼は彼女を見ながら言った。

「ここいいだろ、な？」

「そうね」

全てがなんと違っていたか！　なんという騒めき！　なんと強烈な明るさ！　彼女の記憶の中でくすんで静かなままだったこの川が、今はきらめいていた。色とりどりのドレスを着た女たちを乗せたボートが川面を覆っていた。笑いと叫びが止まなかった。民衆のこんな歓びは、力強く、粗野だが、陶然とさせた。

彼は突然彼女の手を取った。

「俺たちが復活祭の前の晩過ごした部屋、見たいよな」

彼は何も尋ねず、断言した。

彼女は微笑んだ。

「どうしてあなたにそれが分かるの？」

「分かってるさ」彼はそれだけ答えた。

彼女が言わずにいることを彼は何でも知っていた。半分空のグラスで煙草をゆっくり潰した。

「どうだ？　ここで食事するか？」

「いいわね」

「そう？……ここで？……」

「いいわよ」彼女は蒼ざめながら、もう一度言った。

彼女は怖かった。〝怖い？〟彼女は思った。〝そんなはずないのに。どうして？　なんておかしな……〟彼女は半分彼の恋人だった。だが彼女の中にいるもう一人の女が、泣いて、震えていた。女は彼女自身よりもこの先自分を待つ全てを知っているような気がした――歓びそれとも苦しみ。

彼がマリアンヌに着いて来るように合図した。部屋の敷居の上で、彼女は立ち止まった。

彼はほとんど厳しく彼女を見つめた。

「来いよ」彼は言った。「来るんだ……」

彼はドアの鍵をかけ、カーテンを引いた。枝葉模様のペルシャカーテンで、裏地はピンクの織物だった。太陽がそれを横切り、部屋を熱い暗がりで満たした。

彼はベッドに身を投げた。彼女は彼の前で立ち尽くした。裸で、彼がもう何度も抱いた体を隠そうとした――だが全てが違う……ちょっと後、彼女はアントアーヌの腕が最初はほんの少し、それから段々強く首を絞めるのを感じた。彼女はとうとうごく小さな声で言った。

「苦しいわ」

彼は聞いていないようだった。絞める手を緩めなかった。突然声を洩らした――「ああ！」眠っていた人が目覚める時のかすかな声。彼女は男の顔をこれほど自分の顔の側で見たことが一度もなかった。口に彼の息を感じた。彼女は自分の顔を裸の硬い胸に隠し、それから、突然、彼を押しのけた。彼は瞼を伏せ、彼女の傍らにどさっと倒れた。

二人はしばらく、キスもせず、黙りこくって横になっていた。軍楽隊のファンファーレが大気を横切った。彼女は恋は、自分にとって、一つの幻滅だったと思った。最高の愛撫もあったけれど……彼は乱暴に彼女を抱いた。ほとんど怨念をこめ、凌辱し、謎めいた恨みを晴らし、残酷に傷つけようとするかのように。彼女は寒く、震えが止まらなかった。彼が床に投げ捨てたキルティングした掛け布団を取り、自分の体に被せた。どれだけ私を見つめるの……何を考えているの？　ニコルの重たいお腹、冷たい脚を求めているの？……がっかりしてるの？　彼に何を言わなきゃいけないの？　どうして黙ってるの？　全ては終わったの、それとも反対に、始まったばかり？　彼女には分からなかった……将来は何？　幸福、それとも不幸……

彼女はその部屋を眺めた。決して忘れていなかった。花柄の小さなソファー、あの晩、ソランジュと自分がコートを投げ捨てたベッド……少しずつカーテンの向こうの太陽が薄れていった。車が出発する音が聞こえた。オーケストラも沈黙した。また後で始めるだろう……

アントアーヌは服を着直して、窓を開けた。酔客たちはほとんど皆、大河の土手に降りていた。唐突に、テラスは空になった。

「そうしていろ」彼はマリアンヌを見ながら威圧的に言った。「目を閉じろ。眠るんだ」

彼女は従い、直ぐ眠りに就いた。女中が運んで来たお皿の音でやっと目を覚ました。彼女は言った。

「お腹が減って死にそう……」

「俺もだ……」

食事は素晴らしかった。二人はがつがつ食べた。それからほろ酔いで、とめどなくしゃべった。笑いと言葉で自分たちの心の底のぼんやりした苦しみを押し殺そうとした。

「あの晩覚えてる？　ドミニクとソランジュ……」

マリアンヌは指折り数えた。

「やっと四か月。今は時間が狂ったように速く過ぎるけど。ああ！　聞いて、何かしら？　花火ね」

だが二人は動かなかった。ベッドに戻って横になっていた。もう夜だった。打ち上げ花火の音、人々の叫び声が聞こえた。頭の上で鳴き続ける蚊を遠ざけようとランプは消していた。ローマ花火の光が天井を照らし、マリアンヌは抱き合った二人の体の影が一瞬現れて消えるのを見た。

真夜中、二人は起き上がり、窓に肘をついて、また始まった舞踏会を眺めた。木立の間に紙提灯が灯されていた。時折紙のランタンが燃えた。小さな炎を発し、トリコロールの紙をちょっと燃やして消えた。テーブルをかたずけてまるごと踊り手に開放されたテラスの上と、もっと下ったセーヌの岸には、足で拍子を取る人の群ればかりが見えた。ミュージシャンたちが金管楽器を吹き鳴らした。タンバリンが鳴った。また一斉に声が上がった。

マデロン、俺たちに飲むもんを注げ！

頼むぜ、水なんか入れるな！
勝利の祝いだ、
ジョッフル、フォック、クレマンソー！ (訳注：第一次大戦フランス戦勝の立役者たち)

打ち上げ花火が川を照らした。それからダンスの合間に、どういう訳か、とても遠くで演奏される狩りのファンファーレが風に運ばれて聞こえてきた。だが、突然冷たい風が吹き過ぎた。急に土砂降りの雨が降り始めた。まだしばらく踊っていたが、オーケストラと踊り手たちが逃げ出した。小さなホテル全体に音楽と叫び声が鳴り響いた。だが外では紙提灯が燃え尽き、雨でテラスの上の横断幕と旗がずぶ濡れになった。霧が立った。もう、地面に枯葉が……若者たちは発った。

パリは、旗で飾られていたが、驟雨の下で人影もなく暗かった。

8 知り過ぎた娘

八月、マリアンヌは家族とともにサヴォア (訳注：フランス南東部、スイスに隣接した風光明媚な地方) に発ち、若者たちは離れ離れになった。セグレ家の山荘は、山間の湖の畔に建っていた。静かで、冷たく、真ん丸な湖は、覆された石、崩れた岩の風景の中に、輝く小さな月のようにはめ込まれていた。

マリアンヌの父親と母親は結婚当初この館に住んだ。文無しの画家ディディエ・セグレがワリー家の金持ちの相続人を誘惑し、二人は一番ひっそりした場所で暮らすためにここを探した。レジーヌはここで、生まれていた。

孤独と静寂の中で、ここで二人で過ごした長い冬がどんなだったか、両親の生活をマリアンヌは想像しようとも思わなかった。今、二人はひどく不仲で、相手にも、子どもにも、世間にも、暮らしぶり——彼は二番目の女との暮らし、彼女は数々の情事、を隠そうとさえしなかった。私たちは父親の色恋沙汰に彼らが死んだ時にしか興味を持たず、色恋沙汰は彼らとともに死ぬ。その時それは私たちを刺激する謎の値打ちを持つが、それを入れた心臓がまだ鼓動している限り、私たちはその傍らを無関心に通り過ぎる。

マリアンヌはこの館が大好きだった。ここではセグレ家特有の熱く、シニカルで、ちょっと狂った雰囲気が、どこよりも息づいていた。それぞれの部屋に若くて楽しい客がいた。草地でキャンプする者もいた。庭はなく、ただ野生の草花の宏大な広がりが山と入り混じっていた。ピクニック、月明かりの乗馬行の計画を立てた。小さな湖の畔で踊った。セグレ家のしきたりに従って、姉妹はそれぞれ好みに応じて部屋を自由に使え、そこに望む人と泊まった。この夏、マリアンヌはアントアーヌを招いていた。彼から約束はもらっていなかった。見通しがはっきりしなくても彼女は我慢した。決断しないのは気取りのためと受け取っていた。(彼女は女のそれよりも不実で危険な男の気取りを学んでいた)彼は来るだろう。きっと来るはず。どんなに彼女は彼を待ったか!……だが娘が発ってしまうと、彼は彼女と合流する気を失くしてしまった。ニコルはトーキー(訳注:イングランド南西部デヴォン州の海辺の町)に行き、彼は彼女を追った。イギリスに到着した時、彼はマリアンヌに手紙を書いた。

彼女はある晩、山に行こうと馬に乗る準備をしていた時、その手紙を受け取った。月が昇っていた。皆が外の階段に集まり、昼間、町で過ごし、郵便物を持ち帰るはずのレジーヌだけを待っていた。谷合に彼女の小型車のライトが見えたと思った。彼女だった――湖の道を辿っていた。不安か希望を胸に、誰もが近づく彼女を見つめた。セグレ家に招かれた若者の一人一人が、この晩、一通の手紙を待っていた。レジーヌに言い寄っていた若いイギリス人のセンダム卿は、自分とレジーヌが計画している結婚を許可するか拒否するかの母親の答えを。他に金を待つ者たち、更にパリに残してきた恋人の便りを待つ者たち。ただ一人マリアンヌの母は何も待っていなかった。彼女は家の敷居に裸足で立ち、胸と腰を大きく見せる白地のドレスを着て、化粧っけのない情熱的で日焼けした顔をして、黄色い絹のスカーフで黒髪を束ね、静かに煙草をふかしていた。青みがかった、輝く、楽し気な大きな目は、愛情のこもった軽蔑、醒めたイロニー、深い叡智の表情をたたえて若者たちを見ていた。彼女一人、もはや何を恐れても願ってもいなかった。それこそが、彼女の力、生命力、五十を超えてもそのまま残っている農婦のように逞しい美貌の秘密だった。その微笑み、刺すような眼差しにマリアンヌは顔を赤らめた。彼女はレジーヌから受け取ったばかりの手紙を隠し、地団駄踏んで、母に言った。

「ママ、我慢できないわ！……同じお腹から生まれた子猫みたいに私たちを見るんだから！」

母は笑いながら、遠ざかった。他の者たちはレジーヌを取り囲んだ。マリアンヌは一人だった。口に煙草を挟み、ライターの炎で何行か読んだ。今回来れなくてとても残念だ。ロンドンに発たねばならない。パリで会おう。優しい言葉の一つもない。最後に……〝俺のことを思ってくれるか？　そうじゃないのが心配だ。きっと俺たちは直ぐに忘れられてしまうからね……ご姉妹によろしく。君の手にキスを〟

彼女は煙草を一服しようとして、やっと火を着けていないのに気づき、歯で噛み潰して地面に捨てた。通りがかりの若い男を呼んだ。

〝煙草ある？　私のだめにしちゃって〟

彼は彼女のために火をつけてやり、髪に屈みこんでキスした。彼女は笑った。低くこもった笑い声は呻きに似ていた。でも泣くより笑う方がましだわ！……

「あなた来るでしょ？　マリアンヌ」姉妹の一人が叫んだ。

「いいえ。私無しで行って」彼女は言った。

彼女は自分の部屋に上がり、服を脱ぎ、お気に入りの白い木綿の軽いバスローブを着て、ベッドに身を投げようとしたが、すぐまた起き上がった——暑苦しかった。窓辺に坐った。岩の中、路上で、雲母の破片が青くぼんやりと光った。アントアーヌはここに来ないのね！　二人で野生のリンゴの木の下で寝たりしないのね！……湖がきらめいた。鼓動し、眠っている生き物が息をしているようだった。彼女は顔を自分の手で覆った。最高にシニカルで、最高に不純なことを考えて自分を慰めようとした。

〝初めての人がいなくちゃ！……一つのエピソードに過ぎないわ！　ああ！　私、それ以外、何を期待したかしら？〟

〝彼は私に結婚の約束なんかしてない、そうでしょ？〟彼女は声を上げて言った。

〝昔は、若い娘を恋人にしたら、少なくとも、子どもができるのを心配してあんまり下劣なまねはしなかったのに。今はもうそんなこともないのね〟

彼女はアントアーヌの微笑みを思い出した。

〝君は色んなことを知り過ぎだよ……〟

〝私、泣きたくない〟彼女は血がでるほど唇を噛みながら思った。

〝私、泣かない。もうお終い。終わったのよ。ここをしっかり通り抜けなきゃ。これは初恋。いつだって初恋は失敗するの〟

彼女は床にそっと飛び降り、衣類を片づけ、部屋を共有しているオディールを困らせてやろうとわざと床板に水をまき散らしながらお化粧した。

だが突然、ゆっくり窓辺に戻り、露に湿った冷たい木の鎧戸に額をもたせかけた。

〝これから、私、どうなっちゃうのかしら？〟

若者たちが戻って来た。遅くなっていた。しばらくすると、屋敷は人で溢れた。彼等は彼女を呼びに、探しに来たか？　いや、彼等は彼女を哀れんでいた……あるいは彼女は忘れられていた……オディールが目に入った。彼女は滑るような足取りで、音もなく、テラスを走り、樅の木の下で姿を消し、今度は草地を横切った。柵で、誰かが彼女を待っていた。レジーヌがセンダムと一緒に階段を下りた。野生のリンゴの木の下に、エヴェリーヌの白いドレスが見えた……幸せなこの娘たちの誰もが彼女のことをしっかり気にかけていた！

彼女はもう声を聞かないように、もう月明かりを見ないように鎧戸を閉めた！　だが月明かりは鎧戸のハート型にくり抜かれた穴を通して入って来た。山の香気、高山の雪のかすかで清浄な息吹、この全ての無用の美からどうして逃れよう！　もう館の中では、ピアノとヴァイオリンが鳴り響いていた。彼らは求め合い、呼び合い、答え合っていた、空しく情熱的な追いかけっこの中で。

彼女はベッドに身を投げた。ああ！　私はどうしてこんなにさっさと負けてしまったのかしら？　どうして？　彼女は突然、賢い処女と〝花婿が来る前に貴重な油を無駄遣いしてしまった〟愚かな処女の寓話が分かったと思った。（訳注：マタイによる福音書中の寓話。灯火だけを持って花婿を待った愚かな処女と油を用意していた賢い処女の寓意）

〝私、何をやってしまったの？〟彼女は絶望して思った。

彼女は時折、自分の体が女になった時以来変わっていないのを見て素直に驚いた。しかし体よりはるかに深く、重く、彼女の魂が変わり、成熟していた。

〝少なくとも、私には快楽があったわ〟彼女は挑むように呟き、枕の中に顔を隠し、涙を流し続けた。

9　手強い恋

秋に、アントアーヌが戻ると、マリアンヌと彼は時々会った。ニコルがいない何度かのランデヴーで、マリアンヌは消すことの出来ない汚辱の感覚を持ち続けていた。二人が会うのはもっぱらアントアーヌの欲望、束の間甦（よみがえ）る炎、気まぐれ次第だった。マリアンヌは待った。電話を、手紙を、呼び出しを、そして彼が来ると、彼がこう言う瞬間を待った。

「今度いつ会う？」

彼は最後の最後まで決してそれを言わなかった。彼女は鏡の前で白粉を塗り直し、口紅を塗り、帽子を整えた。心臓が止まりそうだった。冷たい手に指を食い込ませた。（彼はおそらく彼女を意のままにして楽しんでいた）時折、彼女はもう出入り口に立っていた。彼に別れを告げた。彼は手にキスし、彼女を行かせた。彼女は立ち去った。それでお終い。彼は彼女ともう会いたがっていない、そして彼女は……ああ！　聞くより先に死んでしまいたい――「いつ？　どこで？　明日は？」

千回死んじゃう！　でも、彼に見下されない、気位、冷静さ、落ち着いた理性で彼より劣った姿は見せない。二人の関係は対等の力を示したがる仇敵同志の一種の暗闘になっていた。だがいつも弱いのは彼女の方だった。彼女はなおも思った――〝何も言うもんですか。お終いなら、仕方ない！　それがどうしたの？……別の男だって！〟

しかし彼女はもう彼の方に戻り、冷たい唇はこわごわと、恥ずかしそうに呟いた――

「明日は？　だめ？　いつなら？」

そんな時彼女は彼を憎んだ。なんて自信満々なの！　なんて手強いの！　彼女はまだ自分の屈服を愛すほど充分に女ではなかった。二十歳の娘にとって、この男がどれだけ不可解だったか！　気質も、趣味も、考えも分からなかった。至る所で、未知の男にぶつかった。質問や泣き言を一切自分に禁じると、増々入り込めなくなった。何より――負けちゃだめ。〝プライドを守る〟もし彼が憂鬱で心配そうに見えても、「どうしたの？　何が悲しいの？」なんて聞かない。絶対に！　それは私のやる事じゃない。彼ははっきり言わないでしょ。でも声の抑揚、微笑み、苛立った仕草でそれを感じさせてくれるかもしれない――「いや別に。何でもないよ。何も思っちゃいないさ」

彼女といると、彼は自分の考えの一つ一つを用心深く守った。彼女は友だちですらなかった。彼の人生の大部分、官能や体の領域以外の全てが彼女には閉ざされたままだった。彼は彼女にキスし、何度も彼女と体を交わした。だが何を考えていたのか？　彼女と別れて、どこに行くのか？　彼はニコルには友だちとして話をした。（マリアンヌはこの前の六月のある日、二人の会話に驚いたことを覚えていた）だが彼女には？　決して！　愛撫さもなくば沈黙。

アントアーヌは思った。

〝こいつは気が休まる。黙っていられる〟

彼から見て、それは女として最良の資質だった。彼はニコルに柔順さ、控え目な仕草、マリアンヌが羨んだもの静かな声を仕込んでいた。だがマリアンヌには彼が分からなかった。この男を知ろうにも、盲人のようにほとんど前へ進まない気がした。アントアーヌの移り気を通して、彼の放蕩、残酷な気取り、行きずりのこと、外部社会からの供給、一時の気まぐれ、夢、つまり彼が何者かどうして分かるだろう？

だめ、何にも聞かない！　何にも懇願しない！

〝Infra dig〟（訳注：ラテン語 Infra dignitatem の縮約、〝品格を下げる〟の意）彼女は歯を噛みしめ、奔流となって溢れ出ようとする言葉を荒々しく自分の奥底に閉じ込めながら思った。

〝あなた、私を愛してるの？　自分のものにしておくの？　私と結婚するの？　ニコルより、他の誰より私が好き？　あなたは私のもの？　私を哀れんでるの？　どうして微笑むの？　どうして眼を逸らすの？　どうして？　何を考えてるの？　今どこにいるの？　私のどこがいや？　なんで？　なんで？　なんで？〟

いいえ、だめ！〝Infra dig〟娘がもう自分の肉体の恵みには置かない誇りを、彼女は精神の恵みに移し替えた。

〝彼は約束に来なかった！　電話もなかったわ！　私、彼を呼ばない。電話しない。こっちからキスしない。彼が話しかけたら、残酷な言葉でそっけなく答えてやる。彼が私を傷つけるように、こっちも彼を傷つけてやるわ〟

こんなに自由なのに、彼女には決して充分な自由が無かった！　ニコルのような女は時間も、恋人がいつどこへ出て行くかも気にせずに彼と夜を過ごすことができた。彼女は娘だった。家があり、両親がいた。彼らはそんなにうるさくなかったが、慎みの気配くらいは求めた。それは考えなければならない。姉妹たちは彼女をうるさがらせた。

彼女は自分が姉妹たちと遠い気がした。もう世界で誰も愛していなかった。時によりアントアーヌもほとんど愛していなかった——それは愛より辛く、悲痛な感情だった。苦しかった。自分の痛みしか意識していなかった。

やっとニコルがイタリアに発った。だがいなくても、彼女は手強かった。マリアンヌは夜毎彼女の夢を見た。濁った恐ろしいイメージと入り混じっていた。もしアントアーヌがイタリアの街やオムブリー美術館（訳注：イタリア中部ペルージャにある国立古代美術館）にある画を誉めそやし、現代の画をくさしたりすれば、マリアンヌは絶望するだろう。彼はいつかニコルに会いに行ってしまうかも知れない。何も告げずに。ある晩、いつも通り彼女と別れ、もう、翌日出発するつもりかもしれない。車が用意されているかもしれない。彼女が電話すると、使用人のマルタンが彼女が震えずに聞くことのできない慎ましく小さな咳交じりの声で言うかもしれない。（実際アントアーヌは家にいる時は、必ず自分で電話に出た）

〝カルモンテル様はお発ちです、お嬢様。いらっしゃる所は存じません。いつお帰りになるかも存じません〟

アントアーヌは、旅行、不意の旅立ち、気分転換が好きだった。どんなに弱いの！　二人を繋ぐ絆は。彼女は彼に何の力も持たず、彼はとても身軽で、捕えどころがなかった！　ああ！　ほんとに自由ね。〝なんて憎たらしい男の自由〟彼女は思った。〝私の最悪の敵だわ〟彼を捕まえ、見張り、投獄する！　遂には結婚する！　それだけが私に安らぎを与えるのかしら。傍らで眠って、朝、彼がまだそこにいると分かる。旅立つ彼を見ても、〝家に〟自分の傍らに戻って来ると信じてる……もう時計に投げる素早い眼差しに驚かない、短く悩ましい欠びをナイフみたいに断ち切る言い訳を聞いたりしない――「ああ！　すまん……約束を忘れるとこだった……」

彼に聞く権利がある――「どこに行くの？　いつ戻るの？」

浮気、不貞、もし彼がいつでもそこにいるなら、それがどうしたの？　彼女にはそんな風に彼に抱いた恋から自分が解放されるように思われた。もう唐突で傲慢な考えを耐え忍んだりしない……恐れずに言ってやる。

「でも、結局、どうして？　私に説明なさい……」

一緒に眠る、ああ！　一緒に寝るだけじゃない、眠るの！

〝私たちに欠けてるのは、一緒に暮らすことだわ〟彼女は思った。

〝きっと、どんなに体で親しんだって、来る夜も来る夜も同じベッドの中で眠ることには敵わないわ。一時（ひととき）だけじゃなく……〟

彼女がなんと変わったか！……唇の端に爪でひっかいたようなほとんど見えない跡が現れた。それがいつか最初の皺になるかもしれない。突然、もう永遠に若いままでいることが確かだと感じなくなる瞬間、それは一つの思念とは違う。本能でもない。まだ何も恐れない。思い出す、と言うのか。道中（みちなか）を通り過ぎ、若さの盛りの勝ち誇った傲慢な視線を周囲に投げた時、老いていく女とすれ違う。彼女はその悲しい顔にはっきりと読み取る。

〝あなただって……あなただって……いつか……〟

それは近づいていた。それは来る、他の人たちに来るように私にも。彼女はやっとこの言葉の意味を理解した――　〝彼が私を女にした〟

そう、女は……快楽だけでなく、苦しみに向いている。成熟したのは体の中だけではない。それは何でもなく、心の中が成熟していた。彼が彼女の中に湧き上がらせたもの、その神秘的な秘密の源泉は歓びと苦しみを同時に含んでいた。自分が幸せに運命づけられていると思うのは止めていた。どんな痛手だってあり得る、この先全てが矢となるかも知れない、彼女はそれを知っていた。

10　雪の小公園

マリアンヌの姉妹たちは彼女の変化を見て、暗くそっけなくなったと言っていた。だが誰も本気で彼女のことを心配してはいなかった。四人にはそれぞれ自分の生活があり、各自の目にそれだけが大切で、それに熱中していた。様々なアヴァンチュール、嘘、失敗、そして夢！

マリアンヌは思った。〝あの人たちの言うこと全部を通して、聞こえるのは一つの叫びだけ——「私は！　私は！」ね〟

セグレの屋敷は、この年、いつにも増して、喧騒、活気、陽気さに溢れていた。四人姉妹がそこにいると、たちまち、お祭りの楽しそうな騒めき——開いては閉じる扉、笑い、音楽、幸せな若い声——がその足元に生まれた。センダム卿と婚約間近のレジーヌはイギリスに発つことになっていた。出発の前夜、彼はセグレ家で夕食を摂った。五時近くだった。彼は彼等に暇（いとま）を告げる決心がつかず、レジーヌに影のように従っていた。セグレ氏はこの日家にいた。仕事か情事に疲れてアトリエから出てきた。女が彼に着いて来ていた。（彼はいつでも女を付き従えていた）やっと女が彼を放すと、彼は喧騒を逃れて二階のオリーヴ色の小さな客間に避難した。下の部屋からレジーヌが弾く派手だが生気のないワルツが聞こえて来た。セグレ氏は痩せて、小柄で、鋭く奇麗な目、唇の端で切り整えた短い髭、日焼けした顔、震えがちな青白く長い手をしていた。〝麻薬中毒者の手だ〟アントアーヌは彼に会った時そう思った。それだけが彼の人生の中にある目に見えて支離滅裂なものを物語っていた。穏やかで同時に冷ややかなセグレ氏は、他人にとってだけでなく、家族にとっても不可解なままだった。足取りは静かで、何にも交わらず、全てを察知した。娘たちは彼をエアリエル（訳注：中世ヨーロッパ伝承上の空気の精霊。シェイクスピア「テンペスト」に登場）と呼んでいた。精霊が自分の領分を訪れるように自分の家を横切り、それから昼夜何時であれ空間に溶け込んだように姿を消し、テーブルに置き忘れた煙草入れか絵筆だけが残った。

　窓辺に立ち、暗がりの中で、彼は十二月の夜を眺めた。凍てつく青い夜は澄み切って揺らめいていた。ブーローニュの森の木立の間、地平線上に、どこからとも知れず、静かにぼんやり輝く赤い火が現れた。彼はその光、その暈（かさ）を描きたくなった。〝だがわしはもう何をやっても駄目だ。もう画家じゃなく、人夫（にんぷ）だ〟彼はため息をついた。あの注文の全て、ざっと一ダースの女の肖像、金を得るために、女房の持参金だよりで暮らさないために、あんなものを……吐き気がする……彼は昨日の晩、オディールが姉妹の一人にどう言ったか聞いてしまったことを思い出した。

「レジーヌがセンダムのどこがいいのか、私、分からない……称号は、そりゃいいわよ。でもあの人、一文無しよ。私たちに必要なのはお金でしょ。あなたたち、誰も私たちの暮らしがどうなってるか知ろうともしなかったでしょ、ね？　やれやれだわ！　一番はっきりしてるのはワリーの遺産。それを食いつぶしちゃっても、パパの絵が残るけど、いいこと、あれは大したことないの」

　セグレ氏は下の階から上がって来るワルツの変奏を悲し気にちょっと口笛で吹いた。

〝パパの絵……あれは大したことない……〟か。彼は入って来たマリアンヌに微笑んだ。

「おやおや！　我が子か？……」

「あらあら！　パパなの？……」

「踊らないのか？」

「ええ。今夜は全然そんな気にならないの……」

「お前が出て行くのを見たと思ったが……」

「あれはオディールよ」マリアンヌは言った。

オディールは毎日同じ時間にこっそり屋敷から忍び出た。誰に会うかは分からなかった。四人の中で、オディールは一番目立たなかった。セグレ氏は呟いた。

「ああ！……オディールか、そうか」

彼は肩をすくめながら溜息をついた。

〝大人になった四人の娘たちか、主よ！……〟彼は思った。〝わしは明日五十になる。白髪、借金、くたびれて、終わってる、それでもわしの中の何かが、まだ期待してる、まだ待ち望んでる……ああ！　不幸か、そいつは子どもたちがわしらを大人だと思いこんでることだ。だが、百人のうち九十九人の男は全然成長しちゃいないんだ。年とった若者、白髪頭の子どもさ、それで突然、生きたこともなく死ぬ。だがこの娘たちにどうしてそんなことが分かる？〟

彼は娘の頬、奇麗な耳の先端をそっと撫ぜた。

「それで、どうした？……遊ばんのか？」

「何して遊ぶの？　パパ」

「何だっていいじゃないか、何だって」自分を取り巻く全ての女と同じように自分の娘にも惜しみなく与えてきたほとんど女性的な心遣い、優雅さで彼女を遠ざけながら、彼は言った。

〝おあいそ、愛撫、お奇麗な言葉〟マリアンヌは思った。〝だけど救いも、教えも、思いやりもありゃしないわ……怒りっぽい性質、冷淡な心。それが合わさって……〟

「さあ、呼んでるぞ」

彼女は歌を口ずさみながら出た。涙を隠そうとする子どものように顔を上げて。自分の歌を聞くと気が和らいだ。

〝私、誰もいらない〟彼女は見えない話し相手に向かって挑むように呟いた。〝一人でいるのが好きなの。それにしても、うんざり、それだけ……ああ！　なんてうんざりかしら……〟

一か月というもの、毎日彼女は屋敷の隣の小公園でアントアーヌを待った。ある時、彼は車で彼女を迎えに来て、二人で一緒に出発した。（それこそが幸福だった）またある時は、ぎりぎりの瞬間に着いて、十五分彼女と一緒にいて、二人は別れた。一番頻繁なのは来ないことだった。ああ！　沢山だわ！　沢山！　彼はもう私を愛してない！　だったら、行って何になるの？〝いやだわ、私、行かない！〟彼女は思った。

〝待つがいいわ！　心配すればいいわ！　今度こそ彼の番よ！　もし、今日来なくたって、少なくとも、私、それを知らずにすむ！〟

彼女は昔の勉強部屋に上った。オディールは身の回りの物を椅子の上に残していた。彼女はそれを取って、床に投げ出した。

〝いっつも散らかすんだから、あいつは！……〟

一瞬、彼女は姉妹たちに、家族に、世界全体に、何よりアントアーヌに、本当の憎しみを感じた。時間を見た。今彼は私を待ってる（もしかしたら）〝待つがいいわ！……〟彼女は服を着始め、白粉を塗った。白粉の下の頬が火照っていた。口紅を取り、鏡に近づいて唇に塗った。やっぱり、彼女は自分が奇麗だと思った。黒い目も、強情な髪も、口紅を塗った唇の間の歯の輝きも。どうして、絶望してる時、こんなふうに苦しみから逸楽の棘が生えそうになるの？　彼女は不幸だった。泣いていた。だが彼女の中で、何かが言っているような気がした。〝見ておきなさい。聞いておきなさい。覚えておくのよ。あなたは自分の痛みを懐かしむでしょう。昔の涙の味を空しく探すでしょう……〟彼女は小さな物音にきっと振り返った。動作の一つ一つがほとんど意識していない熱病患者の素早い動きのように、きりきりして、ぎくしゃくして、辛そうだった。服を着るのを急ぎ過ぎて、ブラウスの襟がちぎれてしまった。別の一着を取り出したかったが、それを入れた小さな家具が開かなかった。ずっと前にエヴェリーヌが錠を壊し、鍵はかけられず、引き出しは開くはずだった。マリアンヌは一つ一つそれを自分の方に引っ張った。最初は落ち着いていたが、引き出しはなかなか頑強だった。この時、六時を告げる音が聞こえた。突然、彼女は自制心を完全に失った。こんななりじゃ外出できない。彼女のドレスは隣室にあった。この時そこでは、レジーヌがセンダムに別れを告げていて、厳格な姉妹の取り決めによって、敷居はまたげなかった。引き出しは多分楔で留めてあり、開きそうにない！彼女は怒りに震えた。時が経った。彼は待ってくれない。行ってしまって、もう戻って来ないわ。運命がけちけちと彼女に与えた、唯一生きがいの何分かが消え失せ、指から水が漏れるように流れ去ってしまった。彼女は居住まいを正し、周囲を見回して鉄のペーパーナイフを掴み、引き出しの溝に滑り込ませた。だが開かなかった。その時、狂ったような怒りに駆られ、彼女は思い切り強く刃にのしかかり、引き出しが砕け散った。レースのブラウス、ハンカチ、手袋、レジーヌのラブレターがごちゃごちゃに床に散らばった。その時やっと彼女は動作を止めた。心臓が激しく鼓動していた。髪の毛は乱れ、襟はちぎれ、部屋の真ん中に立ち尽くした。木の破片で手にけがをしていた。ハンカチで血を拭き、散らかった部屋を眺めた。自分が恥ずかしく、泣きそうだった。だが突然、熱く、厳しい表情を浮かべて肩をすくめ、ブラウスを掴むとさっと身に着けた。動作があまりに乱暴で、また危うく布が破れそうになった。帽子を手に、コートを腕に、手袋は着けず、中国の縮緬（ちりめん）の室内履きに構わず、外の寒さに逃げ出した。

　小公園はがらんとしていた。彼女はそこに駆け込んだ。乱暴に低い鉄柵を押すと、鉄柵は彼女の背後で大きな音を立てて閉まった。屋敷から二歩の公園は芝地と狭い小道からなり、小道を巡ると何本かの美しい木、数個のベンチがあった。この季節、ここに人気（ひとけ）はなかった。暗がりの中で、周囲の通りも高い建物も見えず、辛うじて間隔を置いた窓明かり、公園の入り口のピンクのアーク灯が見えた。彼女は腰かけたかったが、ベンチは凍った霧雨に覆われていた。雪が降っていた。まだいくらか大気の中をゆっくり漂い、静かに斜めに舞い降りた。葉を落とした、湿って、黒く、細い巨木が芝地の中央に立っていた。マリアンヌは友情を込めてそれを眺めた。秋の初めから、彼女は何度それを見たことか！　この木が彼女の空しい期待、涙に何度立ち会ったことか！　彼女はしばらく鉄柵に背をもたせかけ、コートの襟を立てて待った。僅かな雪がベンチの上、わだちにまだ残り、きらめく芝地を白く覆っていた。一羽の大きな黒つぐみがゆっくり芝地を横切った。朝子どもたちが投げたパンくずか全然見えなくなった穀粒(こくつぶ)を探していた。マリアンヌは鉄柵の上に手を乗せた。手袋をはめていない暖かい彼女の手のひらで、残った雪はあっという間に溶けて消えた。彼女は歩き始めた。公園の入り口のピンクの灯りを眺めた。そこに、突然、アントアーヌが姿を現すのが見えるかもしれない。揺らめく暈(かさ)に囲まれた灯りは、涙を通して眺めると一層強く輝いた。マリアンヌは立ち止まらず歩いた。何も考えなかった。時折もう苦しんでさえいなかった。彼女は待った。今、雪は静かに溶け、小道の土、ベンチ、木枝、全てが湿って黒く、悲しみに覆われていた。暗い空の下で、芝地だけがまだかすかに光っていた。彼はいつ来るの？　彼の足音を彼女は知っていた。急いで自分に近づいて来るのが聞こえるかもしれない。だが時が過ぎた。彼は来なかった。彼女は俯(うつむ)き、歯を噛みしめて芝地の周囲を回り続けた。まだ待つ……待つ……期待する……突然、彼女は思った。

〝お終いね。彼は来ない。最近の冷たさがそれを告げていたわ。彼は終りにしたがってる。来ないわ〟

それでも彼女は彼を待ち続けた。

〝彼は来ないわ。私は自分にふさわしいものしか持てないのね。私は小娘みたいに振舞った。彼は私を小娘扱いする。私、彼に快楽を捧げた。彼は快楽を受け取った。私も彼に快楽を求めた。彼も私に快楽をくれた、それだけのこと。フェアプレイじゃないの。男は結局、求められたものしかくれない。それ以上は決して……〟

彼女はニコルのことを考え、大きく呻(うめ)いた。全てがなんと苦く、耐えがたく、下劣だったか……

ああ！　彼がもう一度来てくれたら！　一度、たった一度でも……私を腕に抱いて、愛撫してくれたら……

彼女は立ち止まった。この芝地を何度ぐるぐる回ったか？　何時になった？　彼女はバッグの中の時計を探したが、見つからなかった。希望のほのかな光を感じた。時折、時間はとても長く思える、とてもゆっくり流れる……ひょっとして彼はまだ来る？　彼女は公園を出て、戸口の上に時計盤のある近所の薬局まで歩いた。店頭のガラス球がぼんやりした二つの明かりで道を照らしていた。一つは紫、一つは青。それだけが人気のない街路の明かりだった。マリアンヌは時間を見た。七時半。お終いだった。もう二度と彼には会わないだろう。彼女はのろのろと小公園に戻った。あと十五分、五分、何秒か……手が凍えていた。そっと両手をこすり合わせた。そしてさらに握り締め、指先を肉に食い込ませ、突然、自分の指を捻じ曲げているのに気づいた。こんな無意識の動作を彼女は恥じた。

彼女は鉄柵の傍らの最初のベンチにへたりこんだ。今はもう寒さを感じなかった。生気を失い、心まで凍りついていた。一人の女が隣に坐った。擦り切れた毛皮のついた黒いオーバーを着た小市民風の女は彼女を哀れむように眺めた。こう思っているようだった――〝また一人……〟

マリアンヌは立ち上がり、また歩いた。だが進むのが辛かった。足が震えた。突然アントアーヌがバーで聞き、彼女に笑って繰り返した言葉を思い出した。年老いて色褪せた娼婦の言葉だった。

「どうせならね、最初のと結婚する方がいいのよ……」

涙交じりの狂った笑いが彼女を掴み、揺さぶり、無力で、蒼ざめ、震えるまま置き去りにした。だがそれも過ぎると、気分がましになった。ベンチでじっとしている女に近づき、時間を尋ねた。八時だった。この女もマリアンヌのように空しく誰かを待っていた。マリアンヌは小公園を立ち去りながら、今度は彼女がベンチから立ち上がり、芝地の周囲をゆっくり歩き始めるのが分かった。

マリアンヌは通りかかった最初の煙草屋に入り、そこで書いた。

〝今（八時）まであなたを待ちました。もう苦しみたくありません。あなたに会いたくありません。家には来ないで、お願い……

彼女はサインして屋敷の隣の郵便箱に短い手紙を投げ込んだ。それから自分の家に帰り、半分開けておいた扉から身を滑らせ、顔と手を洗いに行き、客間に戻った。〝アントアーヌのエピソード〟が終わっていた。

11　ソランジュの事情

マリアンヌにとって冬はのろく辛かった。アントアーヌとは会っていなかった。彼女はとうとう期待することを止め、同時に、苦しみはより耐えられるようになり、去りはしないまでも、時に、彼女の奥底で眠りに就いた。彼女は一種魂の麻痺、諦めを感じていた。死を宣告された病人が長い死との闘いの末に亡くなり、人がこう思う時の諦め――

〝気の毒に……なんと頑張ったんだ……だが苦しみは終わったな〟

春になると、セグレ氏の画の注文を集めるこの年一連のレセプションが再開された。セグレ夫人が押さえていた一階の部屋は、娘たちには耐え難い騒めきで満たされた。カップに当るスプーンの音、老人たちの用心深く疲れた声、小さな咳、我が身を労わる〝え、へん〟という慎ましい咳払い、女たちの呟き。六月は焼けつくようで、空気は澄んでいた。娘たちは順番に嫌な仕事から逃れ、リラの茂みで人目につかない静かな庭のベンチに避難した。女たちはお化粧には厳しい陽射しを恐れ、誰もそこに行こうとしなかった。

ある日曜日、マリアンヌとソランジュは二人きりでベンチにいた。焼いたアーモンドとアイスクリームを持ってきていた。二人は話をせず、アーモンドを一つ一つちょっとづつ齧った。一日の終わりだった。車が出て行った。近くのブーローニュの森の木立から微風が吹き込んだ。レジーヌが一瞬敷居に姿を現した。自分一人だと思っている彼女の顔には、マリアンヌが鏡の中で自分の顔にしょっちゅう見た覚えのある、打ち沈み、極度に憂鬱そうな疲れて冷たい雰囲気がそのまま表れていた。センダム氏は戻って来なかった。彼の家族は身分違いの娘との結婚に反対した。おそらく直にタトラー（訳注：イギリスの上流階級向けの雑誌）にツイードの服を着たスポーティで溌溂とした娘と一緒の彼の写真が載るだろう――貴族某嬢、センダム卿と結婚。

「あの人は決して華々しい結婚だけしか望んでなかった。未練があるのはそれよ」

マリアンヌは小さな声で言った。

「だけど私があの人に同情する気持ちを正確に言い表すのはとっても難しいわ……」

「あの人、彼の恋人だったと思う?」ソランジュが尋ねた。

ためらいなく、マリアンヌは答えた。

「いいえ」

「確かに?」

「確かよ。乙女の目、微笑みを見れば分かるわ」

「それはそうね。親たちがなんで何にも気づかないのか私、分からない。私たちをほとんど見てないのは事実よね……」

ソランジュの母は早くに寡婦(やもめ)になり、年下の男と再婚した。それは彼女の思いを占領するに足りた。

「私たちは子どもにとって手強くなるわね」マリアンヌはふっと笑って言った。

「私たちに何を隠せるかって思っちゃうわ、可哀そうに……子どもにとったら愉快じゃあないでしょうけどね……嘘の中にこそいっぱい歓びがあるんだから。ソランジュ、私たち、いい母親になるかしら?」

「なれるかも知れないわ」ソランジュは言った。「素晴らしい妻にだって……乙女は、車みたいに、試運転されてみなきゃ……」

「親たちは私たちのことだけを考えると思う?」

「いいえ。分からないけど……小さな頃、私が母に近づきたがると、その度に母は言ったものよ。〝なんて変な髪なの……〟とか〝襟をちゃんとしなさい……靴をこすり合わせちゃだめ、さあそれじゃ、あなたのお話を聞きましょ〟って。それからこっちは何て言えばいいの? 固くなっちゃって。

いっつも裁判官（それも私たちに全能の力を持ってる）の前よ。もっと後？……ああ！　もっと後は……」

彼女はそっと指を噛み、頭を後ろに倒し、いつの間にか光が弱まった空を見た。

「ねえ……あなたこんなのって想像できる？　〝ママ、ドミニク・エリオはとうとう私と結婚する決心をしたわよ〟（彼女は母親の表情を真似てみせた。かすかな興味、ドミニクの莫大な財産を思い出して和らぐ非難の雰囲気）〝エリオ家は、確か……大変なお金持ちよね……お父様の有名なコレクション、じゃあとうとう私たちも……ソランジュはお金持ちに……〟あの人言うかもね。〝早過ぎやしないわ……あなたはあの青年とのことを充分大っぴらにしてたじゃない……いいわねえ！　そう、完璧だわ……とっても優しいピンクの花嫁衣装、見たいわ、あなたの輝く顔色に似合うでしょうね……〟そう、だけどそこでね、言わなきゃならないの。〝ママ、私一年以上前からドミニクと寝てるの……〟そうね！　しばらく考えてソランジュは言った。私、あの人これは我慢すると思うの……全ては過ぎ去って、忘れられる……結婚すれば消える……〝結局、あの恐ろしい戦争が若者を堕落させたんだわ……子どもたちだけの過ちじゃあないわ〟とかなんとか言って。だけどその次によ――〝もう一つちょっとしたお話があるの――私、同時にジルベール・カルモンテルの恋人だったの……〟あ！　こっちは、シャレにならないわ。〝あなた、私の娘が！……もしあなたのお父さんが生きてらっしゃったら！……まあ、あなたはなんて堕落してるんでしょう、汚らわしい！……〟マリアンヌ、あなた、自分が堕落してるって思う？」

「いいえ。私は幸せを求めてるだけよ」

「そうよ、ねえ？　是非とも幸せにならなきゃ……あなたはこんな気持ち、時間が経てば弱まって、消えると思う？」

「分からないわ。そう願うけど」

ソランジュは一層声を低めて言った。

「それでね、母は私に言うでしょ――〝あなたは堕落してる。恥ずかしい娘だわ〟とか。だけど一つの助言、一つの援助でも？　ああ！　そんなの、ありゃしない。それより、何かおぞましいことだって言い出しかねないのよ。私、多分そうする、きっとそうする、だけど、少なくとも、あの人に勧められたり、命令されてじゃないわ！」

「じゃ、そうなの？」マリアンヌは呟いた。

「そう。子どもよ」

「ジルベールの、じゃない？　彼はそれを知ってるの？」

「いいえ、彼が知ることは決してないわ。分かるでしょ、私、彼がわざとやったって確信してるの。私を自分の妻にさせるために」

「なんでジルベールの恋人になんか？　困った人」

「なんで？　この一年、ドミニクは私との結婚を決められないの。恋人？　そう、お楽しみ？　そう、だけど妻じゃない。彼は自分のことしか考えないのよ。結婚が自分にとって幸せか、豊かになることか、心の安らぎか、そうかそうじゃないか。私に何が分かる？　こっちのことはまるで問題じゃないの。ある日、私、思ったのよ。もしかしたら、一つの恋がもう一つを追い払ってくれる、ジルベールみたいな青年がドミニクを忘れさせてくれるって。全てはそんなふうに始まったの。今、気まぐれがドミニクを捕まえちゃってる——結婚、安定してちゃんとした生活がしたい、って口では言うけどね。だけど彼は私の中の誇りも、心の純潔も、全部殺してくれたわ。それでも、私、彼を愛してる、愛してるの。ジルベールのことじゃ、こんな重いお荷物が残っちゃって。こんな……ドミニクは決して私を許さないでしょ。最悪の嫉妬にとりつかれて、ひどいことになるわ……そう、全てはこんなふうに始まって、こんなふうに終わらなきゃならないのよ」

「終わる？　どうやって？」

「あなたならよく分かるでしょ」

「ああ！　ソランジュ！」

「他にどうすればいいのよ？」ソランジュは憤慨し絶望した口調で言った。

「私の立場だったら、あなただってそうするでしょうが」

「でもあなた怖くない？　死んじゃうかもしれないわ……」

「私が死ぬのを怖がると思う？　死ぬ！　なんて安らぎかしら……」

とうとう彼女は涙を流しながら呟いた。

「分かってくれたら……恐怖、恥辱、このひどい不快感、一人ぼっちで、絶えず欺(あざむ)いて、皆を欺いて、あなたが分かってくれたら……」

「ソランジュ、大分経つの？」

「四か月よ」

「まあ、あなた狂ってる！　それじゃ遅すぎるわ！」

「いいえ、危険は増したけど、でも可能よ……」

「でもなんでそんなに長く待ったの？」

「私、期待していたし……」

「そう」

マリアンヌはソランジュが踊り続けていた舞踏会の夜を思い出しながら言った。蒼ざめた頬から白粉が消え、目が輝いていた。その時、ソランジュはただ一つ快楽への愛にとりつかれてる、と彼女は思った。

「それは一つの自殺の形だわ、あなた……」

「しくじった自殺……ねえ、ドミニクにとって一番許し難いものって分かる？　陳腐さ、その一番汚い面……グルネル通りのどれでもいい小さな洗濯屋みたいな……私、分からない、彼を愛し続けるために、最低の雌にならなきゃならないなんて……だって本当に罪のあるのは彼じゃないの。ジルベールはただ不器用な人、だけど彼は……私の願いは一つだけだった、彼の妻、彼のものになること……どんなに私が彼を愛してるか、あなたに分かったら」彼女は細い腕で自分を抱きしめながら言った。子どもを自分の胸に押しつけるようなこの仕草がマリアンヌの哀れみを掻き立てた。

妻、ソランジュ、母、ソランジュ！　彼女自身、マリアンヌだって……想像もつかなかった……しばらく、彼女はもうソランジュの言うことを聞かず、自分のことばかり考えた。

「こんな醜いことをしたら彼は私を許さないでしょ」やっとソランジュが言った。

「彼は人生を愛してない。それが汚く見えて、受け容れないのよ、分かる？　私、それこそが一番恐ろしい罪、決定的な罪だと思う……彼には人生より美しい人生が必要なの……でもそんなのってあり得ない……生きて、きちんと行動しなきゃいけないのよ。彼は人間よりも書物や画の方が好きだってしょっちゅう私に言ったわ。でもそれじゃあ人生に交わる必要なんてないじゃないの。私に何か起こったら、やっぱり、彼は凄く悲しむとは思うけど……」

「でもあなたどうやって？」

ソランジュはためらった。

「もう、支度は全部整ってるの。誰が助けてくれたか想像つかないでしょ……母の昔の小間使いよ。私、時々会いに行くの。とっても好きなのよ。愛がいつもどんなに報われるか分かるでしょ！……『ちっちゃな淑女の物語』（訳注：貴族社会のレディの教育の典型を語ったセギュール夫人による子ども向けロマン。一八五八年）のエピローグでね、お金持ちの上品な娘が子どものころ揺すってくれた献身的な家政婦のつましい小部屋を尋ねに行くでしょ……ああいやだわ！　それが私の立場って言えるかどうか知らない。だけど、私の唇にはいっつも苦い灰の味がするわ……」

「で、その後は？」

「その後、私、ドミニクと結婚するわ。ふかふかのピンクのベッドに飛び込むでしょ……ママは幸せでしょうね、何にも知らないで。義理の父は母のお金でダイヤのブレスレットか白てんの肩掛けでも買ってくれるでしょ。皆が私に微笑んで言うでしょ。〝あのサンクレールの娘が、それにしても、私たちの眼鏡違いだったわ。身を持ち直して、結婚するとはねえ。（それもお金持ちと）それ以上何を望むでしょ？　あの世代は見どころがあるわ〟後になって、ある日、ドミニクが子どもを欲しがるかも知れない、それでもし事故が起こったら絶望するでしょうね……」

彼女は口を閉じ、手で合図した。

「黙って、エヴェリーヌが来るわ。あの子には何も言わないで。一言も言っちゃだめよ。幸運を祈ってね。私怖い……」

彼女はエヴェリーヌに呼びかけた。

エヴェリーヌが二人に叫んだ。「来て！　皆待ってるわ！　探してるわよ！」

情けなさ、羨望、苦い嫉妬を込めて、ソランジュとマリアンヌはエヴェリーヌを眺めた。輝く肌、傲慢で勝ち誇った黒い眼差し、金髪、すらりとして逞しい首、昔なら〝女王然〟と呼ばれただろう大胆で誇らしげな姿勢、彼女がなんと美しく、軽やかで、自由だったか！……

マリアンヌは突然思った。

〝もし「年をとる」っていう言葉が私たちの年代の娘にも当てはまるなら、ソランジュにとって、私にとって、それは済んでしまった！……私たち、年をとった！　三人の中で、エヴェリーヌ一人がまだ無知で幸せ！……愛だって彼女は一番美味しいとこしか味わってない。私たちは最後まで、澱（おり）まで飲んでしまったわ〟

二人はエヴェリーヌと一緒になるために立ち上がった。

12　終わりと始まり

アントアーヌの両親は彼が職業に就くつもりがないことに驚いていた。彼は二十七歳だった。戦争で学業が中断され、長い旅行をする他、目的のない完全な無為になじんでしまったように見えた。カルモンテル夫人は子どもの頃のように、パスカルとジルベールを引き合いに出し、末息子に絶えず口やかましく注意した。最近の事件で家族の資産が打撃を受け、〝大してあてにできない〟こと等を思い出させた。ある日、アントアーヌは戦争の間に使えるエネルギーを使い果たし、長い人生のためにそれで充分なことをしたと思うと答えた。カルモンテル夫人は激怒し、口論は喧嘩のうちに終わった。昨日よりはるか以前の行動にきつくしっぺ返しする家族喧嘩の一つだった。一つ一つの不満が、それ以外の、永遠に消えたと思われた、密かに眠る不満を呼び覚ました。アントアーヌは何週間もの間、日曜の訪問を止めていた。孤独を感じていた。ニコルとは別れていた。ドミニクとは以前ほどそりが合わず、彼の独立と莫大な資産が羨ましかった。春、セグレ家のレセプションの何日か後、彼はセーヌ沿いのパリの入り口に住む共通の友人、ルナール家でマリアンヌに会った。ダンスで偶々(たまたま)向かい合うと、二人の体が互いに知り、ほとんど心ならずも求め合っていた血が強く騒いだ。アントアーヌは冷静に言った。

「俺たち、ちゃんと続けられたのに……馬鹿をやってるぜ……」

二人はピンクのランプにうっすら照らされた、小さな壇の上で踊った。彼は彼女にキスしようと、川沿いの古い木立の下の暗がりに彼女を連れて行った。暗い夜だった。マリアンヌの顔は見えなかった。彼は突然、彼女を見たくなった。手にしていた煙草を空中に上げると、マリアンヌの首飾りの琥珀の粒、彼女の歯の先、細い指が光って見えた。彼は自分でも驚く、激しく優しい歓びを感じた。

マリアンヌがやっと呟いた。

「それでニコルは？」

「終わった」彼はさっと答えた。

「どうして？」

「こんなふうに……全ての関係は終わるのさ。知らなかった？……だいたい彼女は再婚を望んでる。俺は結婚にはまるで向いてない……少なくとも彼女とは……」

二人は夜通し一緒に踊った。翌日の晩、彼はセグレ家にいた。電話が鳴り、マリアンヌにソランジュがフォンテーヌブロー周辺の病院に運ばれたことを告げた。彼女は昨日の晩からフォンテーヌブローに住む伯母さんの家を訪ね、急に具合が悪くなった、という話だった。いきなり、容態は悪化した。周囲の者たちのためらい、取り乱した嘘を通して、彼女が非常に危険な状態にあることが容易に分かった。

「あの人死んじゃうわ」マリアンヌは激しく泣き咽んで言った。「あなたが知ってたら……知ってたら……」

「何をだ？　彼女、妊娠してたのか？」アントアーヌが言った。

「そうよ。あなた知ってたの？」

「いや、だが容易に察しはつくさ、ああ！　ドミニクの子か？」

「違うわ」

「ジルベールの？　そんなことがあるか？　へまな奴が！　どのぐらい経つんだ？」

「四か月。あの人、死んじゃうかしら？」

アントアーヌは答えなかった。二人はマリアンヌの部屋に二人きりでいた。彼女はこの晩直ぐフォンテーヌブローに一緒に行ってくれるように彼に懇願した。

「だが何にも分からんぞ。誰も何にも言わんぞ」

彼女は耳を貸さなかった。絶望していた。

「私、言っとくべきだったわ……もしあの人のお母さんが知ってたら……あの人を救えたかもしれない！　私、知りたい、あの人、死んでないって……」

「そうか！　来いよ」彼はやむなく言った。

二人は出発した。彼の隣で彼女は泣いた。彼は黙って、路上の自動車の絶え間ない流れの中で、車を注意深く、高速で運転した。夜は暑く、空気は澄んでいた。パリの全住民がパリを逃れ、近郊のホテル、ダンス場、無数のレストランへと急ぐようだった。

やっと二人はフォンテーヌブローの建物の前に着いた。高い鉄柵の向こうの建物はほとんど見えなかった。アントアーヌは地面に飛び降りた。

「ここで待ってろ。戻って来る」

彼女は待った。灯りを見ようと探したが、何も見えなかった。木立と鉄柵で全ての窓が隠されていた。彼女は痛めつけられ、切り傷をつけられ、血にまみれたソランジュの体を想像した。

やっと、アントアーヌが戻った。彼女は黙って、心臓をどきどきさせながら、近づく彼の足音を聞いた。

「生きてる、だが……」彼は言った。

彼は彼女の隣に乗り、車をパリの方向に向けた。

「彼らは彼女を救う望みを捨てていない」

「でも、死ぬかもしれない？」

「そうだな」彼は容赦なく答えた。止めていた俺、お前の言葉遣いを本能的にまた見つけていた。

「お前はどう思ってたんだ？　妊娠四か月って言ったよな。それがどういうことか、分かってるのか？　まったく、女たちなら相手にしてるつもりだが……」

彼女は泣くまいとして唇を噛んだ、だが意に反して、涙が顔を濡らした。

アントアーヌはもっと穏やかに言った。

「なんで彼女はこんなことを？」

「あなたはどうすればよかったと思う？」

「彼女にこれを勧めたのは誰だ？」

「昔の家政婦だと思うわ……」

「それにしても彼女は気が狂ったのか？　こんな危険に賭けるか？」

「でもあなたはどうすればよかったと思うの？」

マリアンヌはもう一度言った――「どこまで彼女が孤独か、あなた分かる？　私にも同じことが明日起きるって想像つく？　誰が私を助けてくれるの？　誰が助言してくれるの？　母か父に話すより先に、私、恥ずかしくて死んじゃう……恋人だったら、有無を言わせず、結婚を迫るところね。もし彼を愛していて、あなたが私を扱ったみたいに、それともドミニクがソランジュを扱ったみたいに扱われたら、千回死んだ方がましだわ！　あなたにはそんなこと分からない！　でも私には分かる、私には、心の底からそれが分かるの……それにこれは、恋の問題じゃないの、だって他の男の子どもよ、彼女が愛していない……苦しんでる、孤独な娘なら彼女を欲しがる男のものになってしまうの。お幸せなことに、男どもはそんなこと知らないけど」

彼女は蒼ざめた頬をゆっくり手で擦った。

「寒いわ」彼女は呟いた。

「寒い？　風は全然吹いてないぜ」

彼は彼女の手に触った。

「確かに冷たいな！　ちょっとアルコールを飲んだら……」

二人は名も知らぬ村の広場の人気のない小さなカフェの前で停まった。ここは街道から離れていて、騒音はマリアンヌとアントアーヌの耳に届いたが、遠ざかって消えていく嵐の音のように弱まり静まっていた。細いニシキギが何本か生えた小さなテラスはがらんとしていた。アントアーヌは優しく哀れむような仕草でマリアンヌの首にそっと腕を回した。

「そんなに泣くな……彼女は助かるよ……」

「泣くのは、彼女のことだけじゃないわ……」

「人は決して他人のことだけじゃ泣かないもんさ」

二人は小声で話した。二人の周囲で全てが眠っていた。カフェの中では女中のゆっくりした足音しか聞こえなかった。マリアンヌは顔に手を当て、絶え間なく、引き攣ったように泣いた。アントアーヌは上等なブランデーが入ったグラスに唇を寄せた――「飲めよ」彼は優しく言った。

彼女は従った。彼は彼女が落としたままにしていたベレー帽を拾い、マリアンヌの乱れた髪を撫でた。

「まあ、あなたいい人になれるのね」彼女は涙を通して彼を見ながら驚いて言った。

「勿論、いい人間になれるさ。お前、なんでそんなこと言うんだ?」

彼女は何も言わなかった。

「俺は君に意地悪だったたか?」彼は尋ねた。

彼女は答えず、肩をすくめた。

「マリアンヌ、この冬、俺は君のことをたくさんの欲望とたくさんの愛情を込めて考えたんだ。同じ量の愛情と欲望だぜ、それ以上何がいる?」

彼は彼女が話すのを待った。だが彼女は冷ややかに悲しくそれを聞いた。

〝何でも来るのが遅すぎるのね〟彼女は思った――何か月か前にもしこんな言葉を聞いてたら、どんなに喜んで、安心したかしら! まだこの人を愛してる? そうね、多分、そうね、確かに、だけど……私、疲れちゃった、眠りたいわ〟

彼女はグラスで大理石のテーブル上にゆっくり輪を描いた。彼は彼女にもっと飲ませようとした。

彼女はその手をそっと押しのけた。彼女は指が長く逞しい、その大きな褐色の手を眺めた。とても長い間、キスしたい、愛撫されたいという欲望を感じずにその手を自分の側で見ることができなかった。そして彼女の愛は全て突然静まり、凪時（なぎどき）の海の波のように、心の底に落ちた。波はまだそこにあった。ちょっとでも風が吹けば立つだろう。だが気配があるのは、もう嵐ではなく、平穏と恩寵の時だった。彼女はため息をつき、半ば目を閉じた。

　彼は小さな声で言った。

「マリアンヌ、俺はずっと前から考えてた……」

彼は自分の言葉を充分吟味しようと、もう一度口を閉ざした。人生で一番大切な行動を果たすことを意識していた。〝死の次に大切だ〟彼は思った。

「マリアンヌ、俺たちに欠けてるもの、それは一緒に暮らすこと、結婚することだ」

　彼は一層声を低めて語った。密かな深い熱に駆り立てられて。彼はそれを決して見せまいとし、逆に、いつでもそうしてきたように、慎ましく隠した。だが彼女は、突然、彼を理解した。彼女は空しく彼を知ろうとし、その魂の鍵を探し求めて、疲れ切ってしまった。だがこの時、彼は姿を現し、彼女にその鍵を委ね、自分自身でそれを彼女に手渡した。〝どうしてあんなに待ったの？　あの眠れない夜、涙は何のためだったの？〟彼女はそう思ったが、何も言わなかった——彼女はより賢くなっていた。彼は隠れた部分を持ち続ければいいんだわ、人が皆そうであるように。私はそこに入り込まない、平和、休戦の保証で満足しましょ。私はゴールに着いた。避難場所に到達した。そう、でも初めの、激しい愛の波は過ぎ去ってしまったわ、悲しいことに！……

「それじゃ、いいのか？」

「ええ」彼女は言った。

自分の声が力なく、遠く耳に響いた。二人は婚約していた。私があんなに待ち望み、あんなに必死に掴もうとした瞬間。それがもう手の届かない過去の中にあるなんて、流れた時が私たちの行動に大げさで取り返しのきかない性格をまとわせるなんて、あり得ることかしら？

「俺はずっとこうなると分かってたんだ」彼は言った。「初めてお前の家に行った時……お前は赤いドレスを着てた、お前は俺の肩を抱いた……覚えてる？」

彼女は頷いた。彼はゆっくり言った。

「あの時、俺は思ったんだ——〝お前はこの女と結婚する〟って。多分そのせいで、マリアンヌ、俺の態度も、俺の行動も、そんなものは何一つ本当に重要じゃあなかった。最後はこうなると俺には分かっていたんだ。戦争中、よく似たことを感じたことがある。第一線に立つと、時折、俺の心の奥底で同じ確信に満ちてはっきりした声、分かってる（あるいは覚えてる）誰かの声が言うんだ——〝恐れるな、お前は生きる〟って。君に語り尽くすことは出来ないな……あの心の安らぎは……」

彼は言葉を止め、ちょっと笑った。

「言うところだったな——〝今日みたいな……〟って。だがそれは本当じゃない。俺は動揺し、心配してる……いやしかし、違う、違うぞ！　よくよく考えれば、確かに同じ静けさだ。手を出してくれ」

彼の手に自分の手を置くと、彼女はそれが彼の指の間で震えるのを感じた。彼が小さな声で尋ねた。

「怖くないか？」

「いいえ。だけどあなたが残酷になれることは知ってるわ……」

彼は言った。

「俺は君が浮気になれるのを知ってるぜ……」

ため息をつきながら、二人は手を組み合わせた。

13　山頂のサナトリウム

死の瀬戸際で、ソランジュは救われた。だが秋の初めになっても退院できないほどの重態で、九月にはスイスに送られた。彼女はずっと肺が虚弱だった。疲れ切った体に古い疾患が再発していた。フランスで、ドミニクは彼女に会おうとしたが会えなかった。彼は結局自身スイスに発った。ソランジュは看護婦に付き添われ、ローザンヌから遠からぬ高山のサナトリウムに収容されていた。ドミニクはスイスのこの地方を知らなかった。ある朝早く着いた。看護と治療が終わる一日の終わりにソランジュに会いたいと思っていた。

ホテルに鞄を置くと、ほとんど直ぐ出発した。じっとしていられず、湖まで下って行った。湖は冬にはスケート場に変わるが、今は陰気で人影がなかった。小雨が降っていた。湖の岸に建てられたカフェに入った。ガラスで囲まれたテラスが水辺まで延びていた。そこにも、人影はなく、頭上のガラスの天井の雨音が聞こえた。周囲全体が水の中にあった。給仕の来るまで何度も呼ばなければならなかった。何もかも眠っていた。やっと小さな少年が姿を見せ、ミルクの入っていないカフェの大きなカップとバターを塗った薄切りのパンを運んで来た。食欲は無かった。お皿は押しやったが、薄くて暖かいカフェは喜んで飲んだ。

彼はサナトリウムがどこか尋ねた。パリでは不完全な所在地しか手に入らなかった。

「どのサナトリウム？」少年が聞いた。

この子はとても愚鈍そうで、ドミニクは説明した。

「サナトリウムだよ……よく知ってるだろ……病人を手当する」

「ここには病人しかいないよ」少年はそう言って、二つの山の斜面を指さした。

「こっちもあっちも……どこだって……だけどどんな医者だってあんたに教えてくれないよ、あんたが探してる病人の名前を言ってもね。皆知ってるんだけど」

彼はドミニクを一人残して立ち去った。

少し経つと、空が明るくなった。かすかな陽光でサナトリウムのテラスが光った。ドミニクが数えると右手の斜面だけで七つのサナトリウムがあった。そのうちの一つは山の天辺にあって氷とガラスで照り輝いていた。泥だらけの路上に、ようやく、人間たちが姿を現した。見たところ健康そうだった。スポーツ服、スキーズボン、セーター、ウールの大きなミトンを身に着けていたが、スキー客の季節がまだ始まらないことを知っていたドミニクは、皆病人だと見極めた。彼らは慎重に降りて来た。まとまることは稀で、時に二人連れ、大抵は一人だった。彼らは湖を一周、二周、三周し、時間を見るために立ち止まり、それからまた出発した。体のちょっとした強張り、息切れも疲れの跡も見せまいとする配慮、彼等の挙動がその実態を明かしていた。ドミニクは盲人が時おり漂わせる自信ありげな雰囲気を連想した。彼らが見る者たちの中で、どんなふうに頭をもたげ、しっかりした足取りで歩くか。彼は目を背けた。悲しい所だ……空は薄暗く、樅の木は黒々としていた。彼は支払って外に出た。

気候は静穏で、風はそよともしなかった。特別にこもった空気が、全ての音を半ば押し殺すようだった。路上の泥と樅の小枝で足音は聞こえなかった。もう少し登ると、杖にもたれ、ショールに身を包んだ重病人たちとすれ違った。光線に驚いた夜鳥のようにちょっと取り乱した様子だった。正午に、入所者たちを呼び戻す鐘の音が聞こえた。皆が姿を消した。昼食の後、ドミニクは湖のカフェの方に戻った。ホテルの主人に情報を照会させ、今はソランジュが山の天辺のガラスの檻にいることが分かっていた。二時から四時、治療が終わるまで、人影は全く無かった。そして、再び、同じ面々が谷の方に降りて来る姿が見えた。もうお馴染みの、忌々しくもお馴染みの顔ぶれだ、ドミニクはぞくっとして思った。

〝もしここに残ったら、俺だって、二度と発ちたくないかも知れないな〟彼はトーマス・マンの本を思い出し、意気消沈して思った。

絶えずソランジュの死を予期した恐るべき夏の間中、彼を襲った絶望の全てが、この山の保養地で恐怖の絶頂に達していた。ここでは結核が地方の主要産業の一つと見なされ、そういうものとして活かされていた。全てが、彼を引き止め、罠にかけ、彼が〝人生の汚い面〟と呼ぶもの、死、暗黒の恐怖との厳しい闘争を正面から見つめさせるためにこぞって謀議しているような気がした。

　小さな樅の林の中で、彼は立ち止まった。一人だった。木々の赤みを帯びた幹を眺め、樹脂のきつい匂いを嗅ぐと、今朝から初めて、壁という壁から生じる病気、死の臭いから、逃れられたような気がした。樅の木にもたれて、目を閉じた。だがほんのしばらくそこにいると、また哀れな散歩者たちが現れ、彼を不安げな好奇の目で眺めた。おそらく見ず知らずの顔の一つ一つが、彼等にとって、冒険、夢、友情の果てしない可能性を隠し持っているに違いない。ドミニクは山頂に向かって、歩く、というより駆けた。どこにでもあるホテルのホールのような広い玄関ホールに入り、自分の名を告げた。青いヴェールを着けた看護婦がやっと現れ、付いて来るように彼を招いた。彼女は血色のいい頬、きれいな目、この職業の人特有の無邪気で、眩しく、冷たい微笑みを持っていた。

　ドミニクは小さな声で尋ねた。

「サンクレール嬢はどうですか？」

「ええ、大丈夫。全く大丈夫ですよ」

　彼女は真心のこもった、勇気づける口調で答えた。病人たちを楽観させ、立て続けに質問してはむやみに絶望する、いて欲しくない厄介な訪問者、親戚、あるいは友人たちをなるべく早めに排除するための口調だった。

「勿論、とても深手を負っていらっしゃいます。でも望める限りうまくいっていますよ」

　ドミニクは思った。

〝この上で病人が窒息して死にかけてても、彼女は多分こんなふうに「勿論、ちょっとお疲れです。

辛い夜を過ごされました。でも容態が許す限りうまくいっていますよ」って答えるに違いない〃

二人は建物の別のゾーンに入った。強く暖房がきき、空色のエナメルで塗装され、所々、大きな白い掲示があった。

静粛に

リノリウムと消毒液の臭いでドミニクの喉が詰まり、彼は突然咳き込んだ。看護婦が如才なく言った。

「お風邪ですか？」

ドミニクは一瞬、嫌悪と恐怖を感じた。見えない罠に取り囲まれたようだった。丈夫で元気でも、四方八方から暗く密かな死の波の脅威に曝される男の不安定な状態を、全てが威嚇するようだった。

二人はやっとソランジュの部屋に入った。彼女は自室に続く小さなテラスの上でクッションの無い平たい長椅子に横たわっていた。黒い毛皮を足に掛けていた。彼は最初に、彼女の髪が二本の長いお下げに結われ、蒼ざめ、疲れた静かな顔の両側に垂れ下がっているのを見た。自分の目に涙がこみ上げるのを感じた。何も言えず、彼女が差し出した手をやっとのことで握り締めた。

白衣を着て、白いヴェールを肩まで掛け、少し離れた所で本を読んでいた二人目の看護婦が立ち上がって、そっと呟いた。

〝お疲れになっちゃいけませんよ、マドモアゼル……〃

それから彼女は立ち去った。

ソランジュは微笑んで彼を見た。かすかな笑みが、唇の端に辛うじて浮かび、深く静かな目が印象に残った。彼女がこんなふうに微笑むのを決して、彼は見たことがなかった。別の女だった。頬も唇ももう化粧していなかった。茶色い毛皮のコートを着て、頭にヴェールを結んでいた。

やっと彼女が彼に言った。

「坐って……」

彼は長椅子の上の彼女の足元に坐り、掛物をとり、悔恨、愛、憐れみの涙とともに無我夢中で、彼女のほっそりした脚、小さく繊細な足に口づけした。唇の下でそれが震えるのを感じた。

「すまない！　俺を許してくれ、ソランジュ！　全部俺のせいだ、だがどうしてあんなことをした？　俺の子じゃないって確信してたのか？」

「確信してたわ。だけど、どっちにしろ、私、同じことをしたでしょ……スキャンダル、内密の出産、慌ただしい結婚、そんなの」

彼女は体の前に両手を差し出して言った。

「あなたらしくない、あなたの望みと合わないわ……」

ちょっとからかうように彼女の声は元気づいた。

「だめよ、ほんとに。そんなのあなたの役だと思わなかった」彼女は繰り返した。

「それに、こんなふうじゃなおさら……他の男の子どもよ……」

「ジルベール・カルモンテルのか、そうだろ？　だけどな、俺はその子を受け容れたぜ。終いには愛せたはずさ。お前は自分で真実と違う俺のイメージを作っちまったんだ。俺の一部しか見ようとしなかった、丸ごとの俺を見ずに。お前には俺がそっけなく、移り気で、シニカルに見えるのかも知れん。そうだったんだろう、俺は、多分。だが違う者にだってなれたんだ。お前が殺したその子を、俺は受け容れたはずだ、自分の子として扱ったはずだ……お前が非難の言葉を聞くことなんか、絶対無かったんだ……」

彼女は静かに顔を横に振った。

「いいえ、あなたがそう思っても、それは本当じゃないわ。あなた自身が知る以上に、私はあなたを知っているの。あなたについて誤りのない経験を持っているの。あなたはフィクションしか、人生の余白しか、人生を取り巻く暈しか、感じ取れないのよ、それは人生じゃないわ……」

彼女は話しながら息を切らし、ハンカチを唇に当てた。

「待って。休んでくれ」彼女の手を取って彼は言った。

彼女は仕草でいいえ、疲れていないと伝え、小さな声で急いで話し終えた。

「私、重態だった。まだ危険な状態よ……」

「ひどく苦しんだのか？」沈黙を置いて、彼は尋ねた。

「いいえ。モルヒネを注射してくれたから……化膿は止まったけど、その時血を吐き始めたの。父が結核で死んだのは知ってるでしょ。私自身、ずっと肺を脅かされてた。昔の疾患が再発したの」

ドミニクの唇は一種悩まし気なしかめっ面の中で引き攣り、それがソランジュを苦笑させた。

「黙っていろよ」彼は呟いた。

扉が開き、白いヴェールの看護婦が敷居に姿を現した。

「お休みの時間だと思います、マドモアゼル・サンクレール。お叱りしなきゃなりませんわ、あなた、話し過ぎです……」

「黙るわ」ソランジュは言った。「じゃ、ドミニク、あなたに手紙を一通渡すから読んで。いいでしょ？」

彼女は看護婦にテーブルの上にある赤いモロッコ革の小さな紙ばさみを持って来るように頼み、一通の手紙を取ってドミニクに渡した。

「読んで……」

外にはもう黒い大きな樅の木立をすりぬけて来る弱々しい陽光しか残っていなかった。ドミニクは手紙を手にして窓に近づいた。最初のサインは——ジルベール。

「一枚目が無いでしょ」ソランジュが言った。「でも何でもないの。読んで。あなた、よく分かるわ」

彼は読んだ。

〝……僕が知ってる国、それを君に教えよう。スイスではなく病気の話だよ。それは他とは違う国で、そこだって馴染めば、生きることができるんだ。最も質素なホテルで慎ましい暮らしができるようにね。僕たちが別れて生きることはできない。君はドミニクとは結婚しない。もう彼を愛していない。君以上に、僕にはそれが分かるんだ。フォンテーヌブローで、君は彼が自分と一緒にならないと思い、彼を迎え入れず、彼から遠ざかることにした。その時、僕にはそれが分かったんだ。ソランジュ、僕は君を愛している。いくら書いても書き足りない。君が僕のことも、僕の気違いじみた忠誠も決して笑わなかったことを、僕は知っている。僕に世界の全てを受け容れさせ、君が僕にくれる全てを大切にさせた忠誠をね。行かせてくれ、僕が行くのを許してくれ。僕がそっちにいれば、もう何にも怖くないことが分かるさ。そちらで恐ろしいのは、孤独、倦怠、恐怖だね。だが僕が君に沢山の愛をあげよう。そして君が治って丈夫になったら、結婚しよう。君の好みそのものに反して、僕はドミニクには決してできなかったほど深く君に刻み込まれているんだ。君はしなくてよかったんだ……（ここで、多くの言葉が消されて欠けている）その子は僕のものだった。君は僕のものだ。君は僕の妻になるだろう。僕が行くのを許してくれ――ジルベール〟

ドミニクは顔を上げた。

「じゃ……君はジルベールと結婚するのか？」

「もし治ったら……彼と結婚するわ」

「君は彼を愛してない」ドミニクは顔つきにも、言葉の調子にも、本心が洩れぬように小声で言った。ガラス戸のむこうの隣室で看護婦の足音が聞こえた。

「――君が愛してるのは彼じゃあない……」

「私、もう誰も愛していないわ。それが分かったちょうどその瞬間を覚えてる。病院で私が一番ひどくて、人が全てを試みて、全てを投げ出した日よ。ベッドの周りに衝立が並んでいて――それが、一番確かな証拠なの……そうやって近親者を部屋に残しておいて、断末魔を彼らの目から隠すのよ。私、何もかも意識してたわ。姉の一人が私の手を取った。脈を数えて、最後の瞬間を母に知らせるためよ。最後の、完璧な配慮、でもほんの時折ね。他の時は何にもしないわ。もう私に話しかけず、私の上に屈みこんで、私を見て、私をそのままにしておいた。あなたのことを思ったのを覚えてるわ。初めて、愛なしにね。あなたに会いたくなかった。あなたの存在が私にはどうでもよかった。人生には未練があったわ、多少とも。でも恋にはなかった。私は恋にうんざりしていたの。素晴らしい安らぎを感じたわ」

ドミニクが決して、この日まで、彼女の声の中で聞き取ったことのない軽くからかう口調で彼女は言った。それがすっかり彼女を変え、彼から遠ざけ、彼から解放していた。

「――さあ。それが全てよ」

彼女は黙った。かすかにチャイムが鳴り、おそらく夕食を告げた。また看護婦が現れた。

「お発たちにならなきゃ、ムッシュー、もう」彼女はにっこりしながら言った。

「マドモアゼル　サンクレールは動き過ぎ、話し過ぎですわ。疲れてしまいますよ。明日カルモンテル様にお会いになる許可ができなくなりますよ」

「ああ！　君の……フィアンセは明日着くのか？」ドミニクは呟いた。

「そうです。私たち午前中にその方をお待ちしています」ソランジュは黙っていたが、看護婦が職業に固有の快活な口調で言った。

ドミニクは二人の女にいとまを告げ、外に出た。廊下の中、空色に塗られた扉の上のあちこちに、病室のチャイムに応じて電球が灯った。熱、不眠、夢、咳が、昼の中断で瞬時衰退した帝国を取り戻していた。ドミニクは立ち去った。

14 恋の終わりと結婚

アントアーヌとマリアンヌの結婚式は秋の初めに催された。穏やかだが、霧がかかり、はっきりしない天気で、およそ前途を占うことはできなかった。弱々しい陽光が雲を貫き、永遠に遠ざけそうに見えたが、雲はまた直ぐにかかった。全てが型通りだった。鐘とパイプオルガンの音、結婚祝いの花籠の白く生気のない花、お香の匂い、蝋燭が燃えてはぜる音、祭壇の足元に並んだ炎。司祭が語る聖句は人混みに落ち、無関心の大海の中に消えて、沈んだようだった。

「私は埋葬の方が好きでね。そっちの方が楽しい」男が隣の女に言った。ピンクの帽子を被った女はマリーズ・セグレ（訳注：マリアンヌの母。第4章に結婚前のマリー＝ルイーズ・ワリー名で登場）と同世代だった。

彼女は声を押し殺して答えた――「お黙りなさい……」

彼女はドレス、恋人たち、借金のことを考えたが、やはり、ブルーのドレスを着て花束を手にした娘たち、とても瑞々しく、とても不遜で、とても自信に満ちた娘たちから目が離せなかった。それから新婦に目を移すのは一つの愉しみだった。彼女はもう、誰もがうずうずして騒めく幸せな帆船の一員ではなかった。帆船は未だ一度も凪に打たれたことがなく、全てが嘆かわしいほど知れ切って、平凡で、単調ではないかのように、未知の大陸に向かって嬉々として出航し、航行した。魂をかき乱して終わったのは、その空しい再開、その空しい流れ、その平凡さそのものだった……

〝確かに新婦にとっちゃ、もう笑ってる場合じゃないわね……〟夫人は満足して思った。こんなことを耳打ちして――

「あの娘たちはあちらこちらで泊ってるみたいよ、あのセグレの娘たちは……」

その間、教会前の街路では、地区の保母たちが乳母車をいらいらした手つきで揺すりながら、花や花嫁衣裳を値踏みしていた。自分たちからレースのヴェール、花束、プレゼントを奪った社会の不正義をこの上なく憎々しく感じながら。マリアンヌとアントアーヌは並んでひざまづき、オルガンが鳴り響くと同じように頭（こうべ）を垂れ、人生で初めて、自分たちより強い者の手中にあると感じた。

結婚式の後、若者たちはスペインで数週間過ごしに出発し、一九二〇年十二月初め、二人で暮らすことにしたパリ、サンルイ島のアパルトマンに戻った。ドミニク・エリオは自分の賃借権を二人に譲り、ロンドンに発っていた。

スペインとポルトガルの横断旅行は、数えるほどの甘美な瞬間と長い退屈、自分たち自身への不満の思い出を二人に残した。

〝恋人じゃない〟アントアーヌは思った。（喜んでベッドに行ったが、もうこんなふうに……そう、俺たちの花、若さの中に、ある興奮が見つからない）〝まだ友だちでもない〟

二人には自分たちがもうお互いの全てを身をもって知ったように思われ、恋の悲痛で狂おしい陶酔が懐かしかった。

帰った晩、二人は自宅でジルベールの短い手紙を見つけた。ソランジュとの結婚を知らせていた。二人はまだしばらくスイスに残るつもりでいた。

サンルイ島のアパルトマンはマリアンヌにはこれまでにない程、冷たく、住み辛く見えた。この屋敷には親愛なものが何もなかった。涙、屈辱、苦さの思い出が家具に、壁に貼りついていた。

二人は窓際に移動式の小さなテーブルを据えて食事をした。アントアーヌはいつでもそこで食事をしていた。セーヌの上に広がる夜は真っ暗だった。船の呼び子が聞こえた。

〝この時間、家では……〟マリアンヌは思った。

彼女の家はここではなかった。姉や妹は何をしてるかしら？　彼女はこの時間、きっと、舞踏会のために衣装を着けているエヴェリーヌのことを考えた。クリスマス前の季節だった。皆毎晩踊っていた。私だって今晩アントアーヌと一緒に出かけられたのに。着飾って、踊って。だが新しいドレスがなかった。髪も整えていなかった……何より彼女は疲れ、だるさを感じていた。何日か前から懐妊を疑っていた。

〝去年のこの時間、私、アントアーヌに会いに走るために着飾ってた。ドレス、靴、宝石、その全てが私だけに分かる迷信的でセンチメンタルな値打ちを持っていたわ〟

彼女は姉妹たちがひどいと言ったフリルのついたブルーのモスリンのドレスを思い出した。

〝あのドレスを着た時ほど楽しかったことはないわ……踊って、愛して、歓びしか考えない！　なんていう悦楽、なんていう安らぎ！　でも何にも変わってない。何にも変わっちゃいけないんだわ〟

彼女はなおも思った。〝私は幸せ。幸福に慣れるのは難しくない、それにしても……私たち、もう一年以上前から恋人だったのね〟

二人は狭いテーブルの上でお互いを見た。そして突然、恐怖に駆られるほど、他人同士で孤独だと思った。二人はジルベールとソランジュのこと、旅の思い出を話した。それからアントアーヌは給仕した使用人に微笑んだ。

「マルタンはちゃんとやってくれるよ」

「確かにね」マリアンヌは言った。マルタンこそ何か月か前、電話で慎ましく、冷ややかに答えた当人だったことを思い出しながら。

〝カルモンテル様はいらっしゃいません、マドモアゼル。いつお帰りになるか存じません〟いやだわ！　彼女にはまだその声が聞こえた。

二人は食事を終えていた。彼女が尋ねた。

「カーテンを引いていいかしら?」

「勿論、君がよければ」彼は言った。

そして直ぐに驚いて思った――〝こいつには権利があるんだ。カーテンを引き、ランプを点け、書物の場所を変えるだけじゃないぞ。こいつは自分の家にいるんだ。一人になりたい時、俺は戸口を塞いだもんだ。ドミニクだって俺が自分にとっておいた所には入って来れなかった。女たち、ニコルも、こいつも……（そうこいつも）俺のよろしい時を待っていたんだ〟

「気持ちいいな」アントアーヌは改まって言った。

良くはなかった。部屋は寒かった。二人は愛を交わす気にならなかった。彼は顔を背けた。彼女は閃くように思った。期待とは裏腹に、私はこの人を以前よりよく知っていない……でも、改めて、もう知りたくない、と。彼女は奇妙な心の緩みを感じていた。

「暖炉が消えたわ」彼女は声を上げて言った。

「そうだな。マルタンを呼んだら?」

「それには及ばないわ。石炭ならそこにあるもの」

だが二人とも動かなかった。

「さあ寝よう、マリオン（訳注：マリアンヌの愛称。アントアーヌは度々彼女をこう呼ぶ）」最後にアントアーヌがため息交じりに言った。

15　それぞれの保身

カルモンテル老夫妻は、ノルマンディー、サンテルムの所有地で夏を過ごし、まだ戻っていなかった。

冬の初め、アントアーヌは父の病気を知った。自身の運命、パスカルの不在、ジルベールの結婚、むしむしした雨の多い気候（本当にうんざりするじめついた気候で……毎日雨が降って……）についての雑多な泣き言に満ちたカルモンテル夫人の手紙を読んでも、アルベール・カルモンテルの正確な病状は分からなかった。彼は痩せて、よく眠れず、脇腹の痛みを訴えていた。アントアーヌは、理由は突き止められなかったが、直ぐに最悪の事態を恐れた。クリスマスの何日か前、彼はサンテルムに行くことにした。ただし、妊娠して疲れているマリアンヌは連れずに。出発にはもう一つ理由があった。これまでアントアーヌは父が与えてくれる金で豊かに暮らしていた。その金が夫婦にとって、この先一家にとって、充分でないことが分かっていた。マリアンヌには持参金が無かった。だからアントアーヌはこれまでになく、自分の財産を気にしない訳にはいかなかった。父の状態が引き起こした懸念には、彼自身の将来への明確な不安が混じっていた。カルモンテル家の資産の正確な額を彼は知らなかった。ここ数年の間に、ロシア債権の下落と多方面への投機で、それがひどく減っているのは分かっていた。もし彼が心配し始めたことが確かなら、父は彼に何一つ、あるいはほんの僅かしか残さないだろう。サンテルムの所有地自体、がっちり抵当に入っていた。母や兄たちの側からの施しは期待できなかった。もしいくらか手元に金が入ったら、何か事業、会社の立ち上げに使おう、と彼は思った。だが何の？　会社仕事が自分の性に合うとは思えなかった。学業を中断してしまったのでどんな職業も考えられなかった……だが、何より先に、自分を待ち受けることを明確に把握する必要があった。

サンテルムは宏大で簡素な館で、川に囲まれていた。川は大地に姿を消し、多くの湿地を作っていた。そこでアントアーヌと兄たちはしょっちゅう水鳥の狩りや、釣りをした。とは言え、アントアーヌにとって、サンテルムと結びついた楽しい思い出はあまりなかった。途切れがちな家族の会話、閉じた扉越しにこだましてくる夫婦喧嘩、兄たちと自分の対立関係が改めて記憶に浮かんだ。ここで、彼は自分の独立への荒々しい欲求が育つのを感じていた。母の厳格なしつけ、退屈な授業に絶えず締めつけられていた。ここで、つまり、お気に入りの兄たちと自分を対立させる不公平に苦しんだ。いずれにせよ、サンテルムへの旅行から、彼は恩恵を期待していた――父の預金について安心させてもらうこと、家族から援けられ、支えられ、励まされること。

〝彼らに金や実際上の援助は何も求めない、ただ助言の一つくらいは

〝家族はせめてそれくらい求めるには充分な面倒をよこしてくれるじゃないか……〟

彼は早くにパリを発ったが、着いた時には、もう黄昏からすっかり夜に変わっていた。庭師が開けに来るまで、彼は鉄柵の前で長い間待った。扉の蝶番が長い呻きを上げてきしんだ。アントアーヌはすぐにその音が分かり、それが彼を十五歳の情景に連れ戻した。その時、彼は沼地と野原を長い間歩き回り、雨に濡れ、腹ぺこで戻った。庭師のジョゼフがからかいながら彼を迎え入れた――「きっと、食い物は何にも残ってませんぜ、ムッシュー・アントアーヌ!」

「父はどうだ?」自動車の前で扉が開いた瞬間、彼は尋ねた。

「とてもお疲れです」ジョゼフが答えた。

暗く真っ直ぐな小道の先、小さな丘の上に、館は建っていた。庭師が銅鑼を叩くと、テラスの扉がゆっくり半分開いた。敷石を敷いた寒くて殺風景な玄関は人気がなかった。不吉な予感がアントアーヌを動揺させた。静寂、沈黙、瞑想が死を予告していた。

ひどく驚いたことに、書斎で、彼は兄たちと会った。パスカルが彼を迎え入れた。いつも通り、見下すような親愛の情を込め、二人とも子どもだった頃からアントアーヌが知っていた、警戒し、身構

える様子で。

ジルベールは冷たく白い指先を彼に差し出して呟いた。

「まだ深刻なことは全くない……」

「だが、どうしたんだ？　分からないよ」彼は尋ねた。

「そうだな！　腸の悪寒が治らなくて、肝臓の脇の障害で厄介なことになった。最近まで医者は心配していなかったんだが、疲れがひどくてな……」

「俺を呼べただろうに」アントアーヌはむっとして言った。

「幸い、ここまでは、家族に集合らっぱを鳴らすほどじゃあない」パスカルが答えた。

「それでもあんたたちはここにいるじゃないか」

「母さんが俺たちに会いたがったんだ」

「じゃ、俺には？」

「お前に？　お前は母さんに熱心じゃなかったな、ここのところ……母さんはお前が二か月の間に二回しか手紙をくれなかったって言ってるぞ」

「実を言うとな、母さんはお前の結婚が気に入らなかったんだ」パスカルは言った。

アントアーヌは肩をすくめた。

「俺たちのどの結婚だって気に入らなかったじゃないか、俺が知る限り」

彼は思った。

〝だが、こいつらは何でも許されるんだ……〟

彼はジルベールに向かって、はっきりした声で尋ねた。

「ソランジュはここにいないの？」

「明日来る」

二人とも落ち着いて話していた。だがアントアーヌは兄が憎しみを堪え、身を震わせるのを感じた。ジルベールは肘掛け椅子の腕に肘をつき、指先を互いに押しつけるように両手を組んでいた。爪が白くなっていた。それこそ、アントアーヌをだませない徴だった。こんなふうに、子どもの頃、習っていない学課の暗唱を始める時も、教師の非難、もっともだと分かっている非難に、きっぱりと侮蔑的な口調で答える時も、ジルベールは変わりなく平静だった。その声から本音は洩れなかった。だが両手を強くこすり合わせ、指先が白くなる神経質な仕草が、アントアーヌにとって、告白以上に兄の気持ちを明かしていた。

〝兄弟の間で隠すとはなんと馬鹿げた〟彼は思った。〝こいつの本心は分かった。そうだ、この仕草、この見せかけの落ち着きが教えてくれたぜ——俺は、こいつから見て、ソランジュの結婚前の生活を知っちまった奴なんだ。こいつは知ってる、ドミニクと一緒に俺の家で……哀れなジルベール！ こいつは目をつぶり、盲いて、忘れたいんだ……そうすることはできるだろう！ ドミニクは遠くにいる。他の奴らは何も知らないと自分に言い聞かせることだってできる。ところが、それができない、俺がいるからだ、ドミニクの友、マリアンヌの夫、その上、ソランジュの人生を自分よりよく知るこの俺が〟

彼は立ち上がり、手短に言った。

「父さんに会いたい……」

「今は無理だ。眠ってる」

「だがな」パスカルが間に入った。

「お前、俺たちと一緒に夕食を食うか？　夕食のちょっと前なら会えるだろう」

「母さんは？」

「あの人と一緒だ。あの人から離れん」

「可哀想に」アントアーヌは呟いた。

彼は両親の長々しい沈黙の夕べに立ち会ったことがあった。ひどく陰気で、二人とも口を開かなかった。彼は突然、興味と哀れみを込めて二人の過去を思った。確かに、二人の結婚生活のみならず、人生全体が空しく思われた……父は書物とともに閉じこもり、家族の諍いの源を全部避ける以外、野心を持っていないようだった。アントアーヌは母の病的な嫉妬を見抜いていた。だがあの嫉妬に根拠はあったのか？　父には他に女がいたのか？　あの人は何者だったか？　一人の賢者、諦観者、一人の気質の冷ややかな男？　とても頭が良かっただけか？　教養人だ、確かに、礼儀正しい、親切だ、寛大だ……そしてそれから？……

〝じゃあ俺は？〟アントアーヌは思った。（通常、自分の人生、自分が息をするのに必要でない誰かの死を待つ時、人は死んでいく者より自分のことを考える。父の人生、最後の思い、その死を想像しながら、アントアーヌは心の中で、父の年齢になり、人生の終わりに、年老いたマリアンヌ、死者の孤独まで自分から遠ざける権利を持ちかねない妻と未知の子どもたちの中にいる自分の姿を思い浮か

べた）

〝そう、俺の……俺の人生がこの人の人生みたいになるなんてあり得るか？　仕事があって、家族があって、情熱はなく、危険を冒さず、気高く生きる冒険もせず、最後に死ぬ？　それで人生を満たすに充分なんて考えを、今から受け容れることはできないぞ。貴重なたった一度の自分の人生だ、だが……俺は思い始めている、どんなにくすんで、味気ない人生だって、年をとって、休息を熱望するに充分なだけ男を疲れさせる、と。逆に、もっと人生が熱く、充実していれば、死に際のこんな叫びがもっとよく分かる――「何だと？　もう？　俺は何もしなかった！　俺には時間が無かった！……俺は生きなかった……」〟

彼はこんなもの思いに耽るあまり、カルモンテル夫人に言いつかって彼を探しに来た使用人が入って来ても、なかなか気づかなかった。

母は夫婦の部屋の手前の小部屋で彼を待っていた。彼女は冷ややかに息子にキスした。

アントアーヌは小さな声で尋ねた。

「どうですか？」

夫人は唇をきっと結んでいた。感情を示すのはそれだけだった。

「心配なのは衰弱よ」彼女は言った。

「入っていいですか？」

「ええ、いらっしゃい、そっと」

アントアーヌは用心深く扉を押し、父が休んでいるベッドの前で立ちすくんだ。まさか彼はこれほどの変化を想像していなかった。それもこんなに速く。血の気の失せた、ほとんど灰色の顔は小さくなり、半ば憔悴しているようで、目の周りは黒い隈になっていた。唇が落ち窪んだ口から歯が見えた。

ぎょっとしながら、アントアーヌは目に涙が滲むのを感じた。

〝この人に泣くのを見られたくないな〟

だが父はほとんど彼を見なかった、自分自身と自分の痛みに占領されていた。

「何もできませんか？」アントアーヌは尋ねた。

「いや、有難う。何もないぞ。ここに泊まるのか？」

「夕食がすんだら発とうと思ってたけど、もしお望みなら……」

「いや、いや」カルモンテル氏は頭を振り、弱々しい声で言った。

「わしはもう寝ようと思う……」

アントアーヌは兄たちとレイモンだけと夕食を摂った。カルモンテル夫人はポタージュと果物をお盆に乗せ、病人の隣の部屋に運ばせた。デザートになると、レイモンは男たちだけを残して席を立った。会話は彼女本人のことから皆の関心事に向かった。

アントアーヌは自分の事情を語り、家族の財産について説明を求めた。二人の兄は目を合わせ、パスカルが答えた。

「それはえらく簡単だ。ここ数年はひどかった。ロシア債権の暴落で開いた穴を埋めようとして、あの人は投機したが、これが惨憺たるもんだった。お前は俺たちが考えていた矢先に来た。俺たちは真剣にお前と話したいんだ。あの人に何が起ころうと、今後今までのようにお前に手当をやるのは不可能だ。ついでながら、その正確な数字を俺は知らん。大変な額だとは思うがな。お前が自分のために貯金していたことを願ってるぞ。我が家の家計の詳細なら、この通りお前に見せられる。やれやれ！　結婚して、一家の主で、幼い子どもが三人だ、俺は……」

「いいよ。言わなくて」アントアーヌは苛立って呟いた。

「当然、もし不幸が起こったら、残ったものは俺たちの間で分ける。お前にも俺たちのように、それぞれの額を確かめる機会はあるぞ。だが、全部清算したら、ほんの僅かしか残らんだろう。勿論、母さん個人の資産は勘定に入れていないぞ、それは母さんだけのものだ……」

〝それとあんた方のか〟アントアーヌは思った。

ずっと前から、おそらく兄たちは何を二人だけに留めておくか心得ていた――二人は警戒していた。アントアーヌは父のある種の取引について、二人が直接携わったことを知っていた。だが二人が間違いなく知らなかったのは、彼の手当の正確な額だった。父はそれを最大の秘密にしていたに違いない。

彼はずっとアントアーヌを甘やかしてきた。

〝もしあの人が死んだら、もう兄たちにも母にも会いたくないな〟アントアーヌは思った。

〝会ってどうする？　偽善、冷酷、悪意、あの人が生きてる限りは我慢できる、だがその後は……〟

彼はパスカルの言葉を聞き、じっとして何も語らず、口を引き締め、瞼を伏せているジルベールを見た。自分が二人から拒絶され、除け者にされていると思った。この同じサンテルムの、陽光溢れる部屋をしきりに思い出した。三つの銅のベッド、兄たちと自分、その笑い……扉の向こうに母親の足音が聞こえた。自分たちを叱りに来たのは分かっていた。もうその不満気な声が聞こえた――「黙って服を着たら？」狂ったような幸せな笑いが喉に込み上げ、彼らはベッドの柵に向かって身を投げた。思い出はあまりに強烈で、笑い声のこだまが今でも聞こえ、彼は驚いてジルベールを見ずにいられなかった。その顔に痩せっぽちで、赤い花綱模様のシャツを着て、銅のベッドの柵にまたがった少年の面影を探した。

彼は立ち上がって二人に別れを告げた。二人は彼を引き止めようとしなかった。彼は立ち去った。心は重かった。

16　瞬時の欲望

大晦日は穏やかで、光に溢れ、暖かかった――偽りの春。

マリアンヌの昔の友人たち、彼女が仲間、かギャング、と呼んでいる昔の一党が揃って彼女とアントアーヌの家でレヴェイヨン（訳注：大晦日の夜の祝い）の夜を過ごしに来ることになっていた。マリアンヌは、しばらく前から、夜の外出をしなかった。妊娠は体以前に、彼女の心そのものを苛み、彼女は平穏、静寂、睡眠を求めた。

彼女が服を着ていると、アントアーヌが彼女の部屋に入って来た。彼女は黒いレースのドレスと翡翠の首飾りを身に着けていた。結婚以来、彼女は痩せて醜くなった、と言われていた。彼女自身それが分かり、いたく気に病んでいた。不安そうにアントアーヌを見た。

「私、醜いかしら?」

「いや、そんなことはない」彼は率直に言った。実際、彼はもう彼女を見ていなかった。夫と妻は互いの顔立ちを見ず、記憶に残っている姿と目にしている姿をいちいち突き合わせることなどしない。微笑みは見ても、口の輪郭は見ず、表情は見ても目の形は見ない、そしてそれが十年、十五年の間……それから、彼が読書し、彼女が編み物をするいつもと同じある晩、不意に、どちらかが目を上げる、もう一方は見られているのを感じて聞くかもしれない——「何? どうしたの?」一方は答えるだろう——「何でもない」とか「愛してる」とか他の気のない言葉で。しかし、現実に、一秒間で、男か女は見て、時には、それが人生の伴侶の顔だと見分けるために、少しばかり努力しなければならない。

「アパルトマンの話があったわ」マリアンヌが言った。

「ほう! どこだ?」

「パッシーよ」

「見なきゃいかんな……だが絶対ここほど日当たりは良くないだろう」

「ここは当たり過ぎよ」マリアンヌは言った。「幸せでいるには、暗がりと静寂が必要だわ」

「それじゃ俺たちは死なない限り幸せにならんな」

マリアンヌはクスっと笑ったが、彼は陰気なままだった。彼は死の観念に取りつかれていた。マリアンヌはそれを見抜くほど、まだ彼を充分確かに、充分深く理解していなかった。だが彼が感じていたのは、一つの耐えがたい状態だった。そこでは全てが死を予告するように思われ、あらゆる人間の行為の果てに死が姿を現し、死が万物の味を損なう。マリアンヌは去年のレヴェイヨンを思った――アントアーヌはニコルの家で食事をしていた。そして彼女は絶望の余り、挑むように、顔立ちや、名前まで忘れた若者にキスを許した。なんて変わったのかしら、何もかも！……彼女はいつも半裸で、長い両腕に力を込めて枕を抱き締め、ぼさぼさの髪をして眠っているアントアーヌの傍らで目覚める朝、目覚めと眠りの狭間（はざま）にある時を思った。その時、彼女は茫然と、なんで自分の恋人が傍らで寝ているのか不思議に思い、突然我に返って、二人がともにする長い人生、まだヴェールに包まれた全ての歳月を思い描いた……

客間の長いテーブルに、マルタンが食器のセットとクリスマスの薔薇を載せた。十一時くらいに、最初の招待客たちが着いた。すぐにマリアンヌは以前のお祭りの雰囲気を思い出した。だがそれはもっと自由で、それでいてちょっと俗な染みが着いていた。それとも、彼女にそう思えたのか？ 彼女は踊って、飲んで、静かな甘い音楽を聴いた。だが不思議な魔法はもうなかった。彼女は冷めて静かなままだった。

〃まったく、この人たちにはうんざりするわ〃 彼女は思った。〃なんておかしな……何故かしら？〃 彼女はエヴェリーヌを見て、その美しさにショックを受けた。彼女の側では、この夜、自分がどれだけくすんで、輝きがないと感じてしまうか……エヴェリーヌは……完璧だわ、妹のむき出しの長い背中、素晴らしい肩、薄い金色の髪、長く、滑らかで力強い脚を眺めながら、彼女は思った。〃純血種の脚、プリマティッチオ（訳注：フランチェスコ・プリマティッチオ　十六世紀、主としてフランスで活躍したマニエリスムの画家、彫刻家）の女たちの脚だわ〃 エヴェリーヌが彼女に近づいた。今は、瞼を灰色に塗り、金片を散らしていた。前を閉じ、背中をむき出しにした厚いサテンのドレスを着て、マリアンヌには見覚えのある星型のルビーの首飾りを着けていた。

「ママからくすねたのね」彼女は微笑んで言った。

「違うわ」エヴェリーヌは言った。「ママはこの頃自分から宝石を譲ってくれるの。あの人年をとっちゃった、そう思わない？」

「気がつかなかったけど」

「ああ！　それはもう家で暮らしてないからよ。もっとも、あなたの頃からもう始まってたけど。あなたが何も分からなかっただけ。あなたのアントアーヌに夢中で、何も見えなかったの……間違いなく、もう何年も前から、家の暮らしは悲しいものよ……見かけは違うわ、でも芯がね。パパとママは年をとったわ、まずく年をとっちゃった……お金は無いし。レジーヌは、結婚がだめになってから、きりきりしたハイミスになっちゃった。オディールはロベール・バシェルと婚約したわ……私たちを置き去りにして、グランブルジョワを演じるわけ。私たちが嫌なんでしょ……あなたが訪ねて来るの、私、モラルに反するしひどいと思う。だいたいあなたが求めるのは私たちじゃなくて、古い思い出なのよ。それとは対照的な今の幸せを味わうためにね」彼女は声を低めて言った。「違うかしら？　それから私、婚約間近なの、ご存知？」

「誰と？」

「人柄はよく知らないけど、オディールの未来の家族の親戚だわ。あなたは知らない人。お金持ちよ。しっかり身を固めなくちゃ」

「身を固めなくちゃ」エヴェリーヌは肩をすくめ、皮肉で悲しい微笑みを浮かべて姉を見ながら繰り返した。

「馬鹿みたい！　二十歳で！」

「私が送ってる、あなたが送ってた暮らしは短い間しか素敵じゃないわ。陶酔と狂気の束の間の発作、そう、束の間の、お分かり？　すぐに終わって、すぐに消えちゃうわ、ソランジュもそう、あなたもそうだったじゃない。それにしても、ソランジュ、あの人は苦しんだわねえ。私、苦しみたくない」彼女は微笑みながらさらりと言った。

「でも苦しみの話をしてるんじゃないわ、あなた」

どういう訳か、マリアンヌはエヴェリーヌを哀れみたくなった。

〝どうしてかしら？　この子は私みたい……私もこれより賢くはなかった……〟

だが彼女は自分にはエヴェリーヌに欠けている理性と感性のバランスがあることを知っていた。

〝エヴェリーヌのために心配せずにいられないわ〟マリアンヌは思った。

今、エヴェリーヌはアントアーヌと踊っていた。マリアンヌの側で、二人は急にダンスを止めた。

エヴェリーヌは姉と義兄をしげしげとほとんど気づかわし気に見つめた。

「あなた方、お幸せ？」彼女は尋ねた。

「まあ、何をいきなり？」

「つまり、幸せって言えるんでしょ、違う？　アントアーヌ、飲み物注いで」

彼にグラスを差し出しながら彼女は言った。

彼は自分のグラスと同時に彼女のグラスを満たした。

「あなたを親しく呼びたいわ。だってあなたの奥さんは馬鹿みたいに堅苦しくあなたを呼ぶ癖をつけちゃったから」

アントアーヌとエヴェリーヌは、同時に、グラスを口に運んで飲んだ。二人は互いに相手の顔と唇の動きを見た。すると突然、二人の間を、これまで無関心だった男と女を、愛、もしくは愛の記憶なしには決して近づけない二人にする瞬時の欲望がかすめた——無言の問いかけ、暗黙の合意、一言も発さず、キスもせずに二人を結びつける共同の企み。それは、マリアンヌの目の前で、二人が蒼白になり、身を震わせ続けるほど強烈で、異様だった。

「踊らせて」エヴェリーヌが頼んだ。

二人は遠ざかった。マリアンヌは他のカップルの間を通り過ぎる二人を眺めた。ざわざわした欲望の念、かつてこんな晩、自分を捕まえた感覚の惑乱を感じた。もうもうとした暖かい煙、床に置かれた空のグラス、かつての全ての道具立てを眺めた。

〝私はご立派な年配婦人を演じるには若過ぎるわ〟彼女は思った。〝そういうのが好きだったし、もっと好きにならなきゃいけないけど……ずっとシャンパンを一滴も飲まなかった、見て、聞いて、触って、こんなに五感が同時に心地よく高まることは長いことなかったわ〟

だが既に、彼女にとって欲望の輝きは消えていた。驚いて、静かで冷めた彼女を残して。キス、陶酔、愛の幻、自分を喜ばせた全てが、唐突に、その目に、汚い色をまとい、貧しく、危険も重大さもなく、つまりは下劣な遊びに見えた。それはまだ官能を刺激することはあっても、ひそやかで、それすら力を失っていた。

「真夜中だ」誰かが言った。

マリアンヌがテーブルに置いた時計が鳴った——か細く、早く、空ろに十二回。終わった。一年が終わっていた。

〝私の婚約の年、結婚の年、新しい存在になった年〟マリアンヌは何となく心を騒がせて思った。〝ああ、神様！　私、怖い！　私をお憐れみください！　私、怖い！〟彼女は呟いた。

彼女はアントアーヌのグラスを取ってシャンパンを満たし、小さな声で彼に言った。

「おめでとう！」

「おめでとう！」彼が答えた。

そして、瞬間、彼はエヴェリーヌを忘れた。マリアンヌの腰回りに目を落として呟いた。

「いい年に、マシェリ……」

彼には珍しいその優しい口調に、二人とも心を動かされた。

その時、誰かが窓を開けた。静かに、彼らは真夜中の鐘が鳴るのを聞いた。先ず隣の家で、それから何秒か遅れて、他の家で、それから教会の天辺で、最後に、非常に遠い対岸で、十二回。よく響く物悲しい最後の音は語っているようだった。〝さあ、この通り……道理に従わなければ……また一年が過ぎた……君たちも過ぎていくのさ……〟

ダンスがまた始まった。アントアーヌはエヴェリーヌの半裸の体を抱きしめた。自分の心の中に歓喜の泉を掘り起こすように、人生への激しい欲望を呼び覚ましてくれた彼女がありがたかった。数日の間（だがそれも、過去だが……）マリアンヌはそれを彼に与えてくれた……

〝束の間の狂気だ、朝には消えるさ〟彼は思った。

皆が踊りながら、歌った。

「一九二〇年は死んだ！　一九二一年万歳！　新年万歳！」

だが招待客たちはそそくさと立ち去った。レヴェイヨンの夜、じっとしてはいられなかった。アントアーヌもマリアンヌも彼らに着いて行きたくなかった。元気な足音が階段を降り、中庭を横切るのが聞こえ、楽し気な声が遠ざかって消えた。

アントアーヌは絨毯に投げ捨てられたレコードを拾い集め、踏まれた薔薇をまだいっぱいのグラスに挿した。

「どうだ、マリアンヌ？……薔薇にはシャンパンも水も同じさ。俺は動きたくないなあ……さあお出で、寝よう……」

二人は散らかった客間と自分たちの部屋を隔てる扉を閉めた。部屋は暖炉が輝き、ベッドが整えられていた。マリアンヌは略奪から生き残ったサクランボの二枚の皿をベッドの脇に置いた。ランプを灯した。年の初めの鐘の音が聞こえた。彼女がこの壁をこんなに親しみを込めて眺めたことはなかった……

彼女はエヴェリーヌを哀れんだ。エヴェリーヌはまだもがいてる、あの子は……彼女はマリアンヌが知り、その一つ一つの石ころ、一本一本の茨に傷ついた路上で苦しんでいた。

〝でも、私は到着したわ。私は休んでる〟自分の胸にそっと触れながら彼女は思った——行き違い、裏切り、苦い涙……恋の始まりの激しく、絶望的な歓び？　結局、それだけだったのかしら？　生まれたがってる幼子は……彼女はゆっくり靴下を脱いだ。アントアーヌは彼女がベッドに乗せた裸の脚に口づけようと、身を屈めた。だが彼はエヴェリーヌのことを思っていた。額を手で擦った。あれはまだ続いているのか？

二人は隣り合って寝た。希望、後悔、夢が二人を隔てていた。だが体の温もり、穏やかなまどろみで結ばれていた。心は二つ、しかし、もう、体は一つだった。

17　老カルモンテルの死

予期していた電報が直に届いた。

「父、危篤。来たれ」

アントアーヌは、今回もまた、一人で発たねばならなかった。マリアンヌは妊娠の難しい時期にさしかかり、何日間か、横になっていなければならなかった。車は修理に出しており、アントアーヌは鉄道で行くしかなかった。普段から彼は鉄道嫌いだったが、今回は一層こたえた。無為を強いられるのは耐え難かった。

サンテルムは駅からかなり離れていた。車が故障しているとは知らず、迎えに来る者はいなかった。彼は近隣のドラージュ（訳注：フランスの高級車）に乗り、ドラージュは彼を門に残すために回り道をしてくれた。車はゆっくり走り、アントアーヌは不安に苛まれた。やっと鉄柵が見えた。地面に飛び降り、力いっぱいベルを鳴らした。

「ご最期です」アントアーヌが切り出す前にジョゼフが言った。

アントアーヌは父の部屋に直接上った。手前の小部屋に母、パスカル、ジルベールとその妻たちがいた。そう、彼の手を握ったのはソランジュ、蒼ざめほっそりした長い金髪の彼女だった。驚き、軽いショックを感じた彼は、彼女を見て、その話しを聞くことができた。だが他の者たちは虚ろな亡霊に過ぎなかった。

部屋の空気は、暗闇と夜風の中で車に数キロ乗った後で、彼には息苦しく思われた。しばらくして、やっと寒さと湿った冷気が吹き込むのを感じた。それはどんなに暖めても完全に消すことができず、彼の記憶の中でサンテルムの空気そのもの、その古壁の呼吸のように残っていた。

彼は息を詰め、涙をこらえて父に近づいた。カルモンテル老人は動かなかった。頭はベッドと壁の間の空間を向いていた。毛布を被った肩だけがぎこちなく、不気味に、ほとんどグロテスクに動いていた。力を失った頭部がベッドの外に落ちた。思わず、アントアーヌは手を延ばして父の顔を抱え、枕の上で休ませようとした。彼は従ったが、アントアーヌがそのままにすると、すぐまた滑って、見えない力で床の方に引き込まれるように、彼から離れた。アントアーヌは凍りついたように身を硬くして、間近な死を覚悟したが、父はまだ生き、高熱を発していた。母が音もなく入り、ベッドの脇に坐り、痙攣する体にそっと手を置いた。それから死にゆく人の耳に身を屈め、小さな声で、しかし注意深く発音しながら言った。

「アントアーヌがここにいますよ……」

そして

「何かお望みは?」

アントアーヌは死にゆく人の手と腕が動くのを見た。それは新生児のように、むずかるように見えた。彼は何か願望を表そうとしていた。今それは明らかだった。彼の存在の一部は無意識で、もう得体の知れない力が住み着いているようだった。だがひとかけらが、彼に、自身の財産として残っていた。その全てが、願望だった。彼はテーブルの板、自分の胸、毛布に触った。胸の薄さがアントアーヌをぎょっとさせた。

〝ああ〟後悔が心に溢れ、アントアーヌは思った。〝なんでこの人を放っておけたんだ? ここにいて、昼も夜も、鼓動の一つ一つ、ため息の一つ一つを数えなきゃいけなかったんだ。俺は最愛の息子だったじゃないか!……ああ! 俺は罰せられて当たり前だ! 俺の子どもが、後でその責めを負うぞ、きっと〟

ベッドの足元にひざまづき、腕の中に顔を隠して彼は思った。

妻は死に行く人に屈みこみ、空しく、その願望を理解しようとした。彼が飲みたがっていると思い、グラスを取って、息絶え絶えの唇に近づけた。だが、彼は飲まなかった。歯がグラスの縁に当り、ちょっと苛立ったように顔を背けた。その時彼女は彼が灯りを示していると思い、ベッドのランプに近づいて遠ざけた。いや違う……いつだって違う……そうじゃないんだ……最後に、ちょっと呻きながら、彼は妻の手を掴んだ。アントアーヌは顔を上げて、彼を見た。父が望んでいたのはそれだった。

彼はたちまち安らかになった。彼女は、今はベッドの端に腰かけ、ぴくぴく動くひ弱な手を自分の手に取った。干からび蒼ざめたその顔を涙が伝った。三人の息子は、身じろぎもせず、生まれて以来、両親間の、優しい一言も耳にせず、ヴァカンスに出発する時か誕生日の朝にする冷ややかなキス以外の愛撫も決して目にしなかったと思った。突然、アントアーヌは父の唇が動くのを見て、ため息のように一つの名前が吐き出されるのを聞いた。〝マヌー……〟か〝マヌーシュ〟アントアーヌはそう聞こえたと思った。もう一人の女、おそらく……父が見ているると思っているのはもう一人の女だ……〝まだ生きてる女か？　死んだのか、それとも棄てられたのか？……〟

母は一層顔を俯け、涙が一段と激しく顔を伝った。死に行く人の口が動いた。おそらく、彼は他の言葉を発したつもりだった。だが、苦しそうなため息が唇から洩れただけだった。

妻は言った。

「はい、あなた、はい……」

彼女は一瞬彼の顔を持ち上げ、自分の瘦せた胸に押しつけた。パスカルが彼女を支えようとした。彼女は彼から身を離し、自分の両手で支えた顔を、枕の上に真っすぐしっかりと置いた。彼をそのままにしておく決心がつかず、指で優しく蒼ざめた頰を撫ぜた。最後に彼女は逝く人の目の上で瞼を伏せた。彼の上に屈みこみ、子どもたちさえ近寄ることを禁じ、彼に両腕を回し、最後の瞬間まで、その体を護り、息を奮い立たせた。

18　残された孤独

埋葬の後、直ぐにアントアーヌが乗った汽車は、一時間余り、パリの入り口で停まっていた。貨物車が脱線し、線路を修復していた。また出発したが、ひどいのろのろ運転だった。

〝何もかもごたつくな〟アントアーヌは思った。

数時間の間に憔悴し、老けた顔で車両の通路を歩き、真っ暗な窓ガラスを眺めた。霧氷がじっと光る涙のように凍りついていた。汽車は暖房がきき過ぎていたが、アントアーヌは寒かった。骨が凍り、魂にまで染み通るきつい寒さだった。

父の死、寒さ、他の家族が自分に示した敵意、自分と家族の間には、どうあれ、家族の親しさにお決まりの偽善的な形しかもう残っていないという思いは、彼の心を苦さで満たした。そして苦さそのものに彼は驚いた——これは衰弱の徴(しるし)じゃないか。俺は家族の束縛、家族がまきちらす退屈にえらく苦しみながら耐えてきた、決して兄たちも母も愛さず、しょっちゅうそれを自認した、兄たちの馬鹿らしさを見つけるのにあんなに急で、母のえこひいきを決して許さなかった、その俺が今更何を苦しむんだ？

〝あいつらは俺を必要としない、俺もあいつらを必要としない……あと数回相続問題で話し合ったら（もめるのは分かってるが）、もうあいつらと一切関係せずにすむ、母への訪問を除いて。それだってあの人がそれ以上望まないと分かって、段々遠慮して遠ざかる……なんであの人はずうっと俺に優しくなかったんだ？　普通は末っ子が一番のお気に入りなのに。俺は他よりひねくれてもいなきゃ、馬鹿でもなかったぞ〟彼はそう思った。子どもだった自分の空しい問いかけがそのまま、突然、するりと心に浮かんだ。五歳の時、子守に自分は本当に〝ママの息子〟なのか、捨て子じゃないのか、尋ねたことを思い出した。その後、そうした全ては溶けて、和らいだ。自分の過去と現在の間に断絶を感じないためには、自分と家族を繋ぐひ弱な絆で充分だった。それがいやな思い出の毒を消し、いい思い出を一番の座に着ける時間を与えてくれた。それが彼の記憶の中で、過去が人間をそっとしておくのに必要な型通りの幸福のイメージを作り始めた。ところがここに来て、父の死と彼が血族に対して感じた隔たりが、問題をそっくり元に戻した。改めて、幼年時代のように、彼は失望し、苛立ち、孤独な自分を感じた……

〝だいたい、パスカルも、ジルベールも、パパを愛してなかったじゃないか〟彼は思った。自分の心は引き裂かれたのに、二人が示した冷たさに腹が立った。

〝ああ！　パリだ〟やっと駅の明かりが目に入り、彼は呟いた。

帰る気にならなかった……こちらでは、すぐに金の心配に悩まされるだろう。実際その問題に彼は無関心ではなかった。もう無関心でいる権利がなかった。彼は結婚したのだ。今度は自分が父親になる。〝いくら残るだろう？　この前のパスカルの説明じゃ、十万、二十万フラン。他にはほとんど期待できんし……〟若気の借金は全部でほぼその額に上っていた。

ようやく、ようやく到着した。彼は直ぐには帰るまいと思った。マリアンヌは夜まで彼が帰ると思っていなかった。サンドイッチとアルコール一杯で、一人で食事するか。バーの孤独の方が妻がいるより彼にはありがたかった。

駅から出て、タクシーを捕まえ、ドミニクといつも行っていたバーに走らせた。これがなくなっちまったなあ、彼は思った。ドミニクとはどんなに馬が合ったか……なんだって女たち、結婚はあんな快適な、あんな単純な暮らしをややこしくしに来たんだ？　だが、どの途、あれだって続かなかった——金と、もう俺には許されない完全な閑が必要だから。ドミニクが羨ましかった。彼は精神上の悩みしか知らなかった。

〝高貴な苦悩か〟苦み混じりの皮肉を込めて思った。〝で、こっちは汚れ仕事だ。俺たちが拒絶した、俺たちには実生活上ほとんど関係ないと思えた、俺たちが存在しないかのように振舞った汚れ仕事だ〟ドミニクは何処にいる？　彼は一番最近、イタリアから手紙を書いてきた。戻るとは言っていなかった。

アントアーヌは一杯、もう一杯飲み、冷えたフライドポテトを食べた。それから立ち上がった。疲れ、うんざりし、参っていた。死んだ父を力の限り見守り、二晩寝ていなかった。帰って、客間にベッドを設え、奇麗な毛布にくるまって何時間か寝よう。マリアンヌの所で過ごすしかない。多分、彼女はまだ横になってる。医者は今週いっぱい休息するように彼女に勧めていた。

彼は注意して家の扉を開けたが、入り口に立った途端、自分を呼ぶマリアンヌの声が聞こえた。

「具合は悪くなってないか？」彼女が横たわったベッドに近寄りながら、彼は尋ねた。

「いいえ、昨日から逆に、すごくいいの。あなたと一緒に行けたのにね。あの方、ひどく苦しまれたの？」彼女はちょっと間をおいて、尋ねた。

アントアーヌは肩をすくめた。

「他人に分かるか？　いや、俺はそう思わんけど……」

「今朝、埋葬したの？」

「そうだ。さっきな」

「もしかしたら、あなたはお母さまと一緒に明日まで残ると思ってたわ……」

彼の唇が引き攣った。そっけなく答えた。

「誰も俺を必要としちゃいないさ、あそこじゃ……」

彼は彼女を見た。彼女は彼の最も私的な、最も深い人生について何も知らなかった。

「あなたにお風呂を用意させておいたわ」マリアンヌが言った。

彼は感謝を込めて微笑んだ。この瞬間、彼が世界で一番願ったのは、熱いお湯がいっぱいのバスタブとその後の冷たいシャワーだった。

「いい娘だな」彼は優しく言った。

彼は黙っていてくれること、打ち明け話を強要しないこと、自分が望むより先に同情や愛の言葉を持ち出さないことで彼女に感謝した。

風呂の後、彼は部屋に戻った。ベッドの上でマリアンヌの傍らに腰かけ、彼女に腕を回した。黙ってマリアンヌの肩にもたれ、急き立てられるように額をそこに押しつけた。彼女の中にいる子どものように、彼女の中に入り込んで、隠れようとするように。

彼はとうとう言った。彼女が聞いたというより、推察したくらい小さな声で。

「辛い……」

決して彼は女に泣き言を言ったことがなかった。

〝結婚するとなんと恥を失くすか〟彼は奇妙で、穏やかで、恥ずかしい苛立ちとともに思った。

彼女が尋ねた。

「他の人たちは？」

「もうあいつらには会いたくない。俺に何かしたわけじゃないよ。だが、もう会いたくないんだ。あいつらが好きだった験しがない。行動じゃなく、敵意のこもった言葉でもない。冷たくて、偽善的で、こせこせして疑り深い雰囲気全体の話さ。あいつらは俺が父さんの気前の良さ、この先不可能になる楽な暮らしばかり惜しんでると思ってる。母さんとパスカルがそうだ。ジルベールのことを言えば、あいつは俺を憎んでる。あいつはソランジュのせいで、ソランジュについて俺が何でも知ってるせいで俺が嫌いだと思ってる。だがそれだって、ただの口実さ。あいつは俺に対して、血縁にしか感じない訳の分からんほとんど盲目的な憎しみを持ってるんだ。もうあいつらのことは知りたくない。もう会いたくない……」

彼は口を噤んだ。こんなに話したのが恥ずかしかった。だが散々泣いた後のように、気が軽くなり、解放されたような気がした。

「君の側にいさせてくれ」一瞬沈黙を置き、和らいだ声で彼は頼んだ。

返事をせず、彼女は壁の方に身を滑らせた。彼は彼女の側で横になり、体に毛布を引き寄せ、マリアンヌの腕にずっしり体重を乗せた。ようやく彼は眠りに就いた。

19　社会参加

アルベール・カルモンテルは、青年時代、製紙用パルプの販売を手掛ける会社の一翼を担っていた。アントアーヌが生まれた時は既に辞表を出し、持ち株を共同経営者たちに譲っていた。その中に、もう今から何年も前に亡くなった兄のジェローム・カルモンテルがいた。

子どもだったアントアーヌはしばしば復活祭の休みを、ノール県（訳注：フランス最北部に位置する県）にあるジェローム伯父さんの家で過ごした。ジェローム氏は、金利、妻の莫大な資産で暮らし、息子たちを自由な職業のために育てる弟を軽蔑していた。ジェローム伯父さんの家で、アントアーヌは自分の家庭とは違う世界に接した。外見はより質素で、道徳はより堅固だったが、彼には堅苦しく思われた。それでも、アントアーヌが生活手段を考える必要に迫られた時、借金を払って少額の資金を手にした時、自分が知った産業と同種の産業に思いを向けたのは、おそらくこの昔の記憶のためだった。資金は暮らすには不十分で、そこから利益を生み出す必要があった。彼は友人の一人、ジャン・ルナールの父親が木材パルプのフランスへの輸入会社を設立していたことを思い出した。その人の死後、それまで慎重に経営されていた名誉ある会社は、若いルナールの手中に落ちた。彼は父親の不吉な予言を早速証明してみせた。父親は死の床でこう呟いていた。「あの愚か者は全てを台無しにする」ジャン・ルナールが事業を手にして以来、会社は既に深刻な損失を被っていた。だがアントアーヌは、何故か、その会社を信用していた。散々聞かされた意見にも拘らず、その会社が彼には健全と思われた。彼は手元に残った多からぬ資金をジャン・ルナールに投じ、この男は喜んで新しい資金を受け容れた。旧「ルナールと息子」商会は「ルナールとカルモンテル」商会になる準備をしていた。

アントアーヌは思った。〝結局、俺はこれについちゃ何も分からん。だが、製紙用パルプ、セルロース、丸太材なんて言葉は俺には馴染みがあるんだ〟

彼はジェローム伯父さんの家の日曜の会食を覚えていた。その時は役員やその妻たちが招かれていた。

〝あの人たちはしゃべっていた……俺は聞いていなかった……ランボーの詩を暗唱するか、フルシュの森の中で愛撫した娘たちのことを考えてた。娘たちの名前さえ忘れちゃったが。だが俺に届きそうもなく側を通り過ぎたか、聞いたって馬鹿にしたあんな言葉が、覚えてるだけじゃなく……安心させてくれるんだ……おかげで、自分がお終いと思わずにすむ。俺は直観で、ほぼ必要なことを、少なくとも、あのルナールの馬鹿を感心させるには充分なことを言う。その点じゃ今はもう共同経営者の気分だ。もっとも、ジェローム伯父さんのことを真面目に考えたら、失礼な気もするが。死活に関わる重大な仕事のきっかけがあんな若い頃の友人関係だとは、学校でラブレターを取り上げようとしてぶっ叩いたジャン・ルナールと俺の間に、重々しいジェローム伯父さんと共同経営者のシャルトロンさんを結びつけたのと同じ関係が生まれるとは。でぶのシャルトロンさんは俺を「若者」って呼んで「勉強はどうだ？　若者」なんて言いながら頬っぺたをつねったもんだが〟

彼は夕食後、喫煙室に閉じこもった二人の老人と、静まり返った屋敷を思い出した。イレーヌ伯母さんが言った。「子どもたち、音をたてちゃいけませんよ。伯父様はお仕事の話しをしているんですからね……」俺たちは、正にあの深刻さのせいで、心底、彼らを馬鹿にしたもんだ。だがもしかしたら、ジェローム伯父さんとシャルトロンさんは女房たちか、家族か、俺たち、子どもの話をしてたのかも知れないな。親類でも教師でも、人間のやることを見つけ出すには、どれだけ生きてみなきゃならないか！　それで多分、一生に渡って、見方は徐々に変わっていくんだ、彼は思った。

遂にルナールとアントアーヌが契約の基本を定める日、マリアンヌはセグレ家で夕食をとった。アントアーヌは真夜中頃彼女を迎えに来る約束をしていた。彼は歩いて来た。頭を数字でいっぱいにして歩き、セグレ家の屋敷の前に着くと、顔を上げ、自分に語りかけた。

〝見ろ、お前はここんとこ夢を見てた。お前は自由だ。マリアンヌ、若い娘、お前の恋人にまた会えるぞ〟

かつて彼がこんなふうに着いた時、三晩のうち二晩は、セグレ家では皆が踊っていた。そんな時、彼は今日のように立ち止まって、ランプに照らされた奥行きの無い人影の中に、青年の腕の中で踊っているマリアンヌの姿を探した。彼は小庭を横切った。セグレ家の白猫が入り口を護っていた。アントアーヌは入った。直ぐに幾晩にも渡って、自分を魅了したあの大好きな雰囲気を改めて感じた。アントリエの壁を見て、子どもの頃のエヴェリーヌの肖像画の下のランプの灯りが目に入ったとたん、何故かしら、ルナールも、金も、契約も、世間の全ても忘れ、嬉しく優しく、説明しがたい思いがいっぱいに広がった。

〝こんなに狂気、詩、愛の雰囲気のある家を俺は知らない〟彼は思った。

敷居の上で、彼はマリアンヌを目で追った。彼女はオディールの側でソファーに坐っていた。義父のために喪服を着ていた。出産が近づき、彼女は重苦しく、醜くなっていた。子どもは四か月のうちに生まれるはずだった。今は三月だった。

アントアーヌはマリアンヌの指にキスして尋ねた。「どうだ？」だが答えを聞くまでもなく、妻の微笑みとその手のしっかりと落ち着いた力で、全て順調なことが分かった。

「ルナールに会ったの？」彼女が尋ねた。

「勿論、明日サインする」

二人はにっこり微笑みを交わした。彼は彼女から離れた。義父がシャンパンのグラスを差し出した。セグレ家ではシャンパンがいつも水のように流れていた。アントアーヌは喜んで飲んだ。直ぐに、周辺は、以前通りになった。セグレ氏とそこにいた美人の一人が姿を消した。照明を一段と落とし、暖炉の火を熾した。青年たちは女たちの足下の絨毯に、車座になって坐った。エヴェリーヌだけが、一階にいなかった。

アントアーヌは彼女を探した。最初は無意識に、それから不安、欲望、恥ずかしさで胸が締めつけられた。マリアンヌかオディールに妹はどこか聞くほど簡単なことはなさそうだったが、そこまでの度胸はなかった。

娘たちの笑い声、自由な談話、薄暗がりが、今は彼を苛立たせた。彼はそっと部屋を出た。客間の手前の玄関では、鏡の前にランプが灯されていた。出入りする女たちは、そこで自分の顔に目をやり、髪を整えた。彼は自分の姿と向き合い、そこに、長い間一人佇んだ。顔の表情が、心の混乱以上に、自分では知らずにいたいことを彼に教えていた。彼は自分を安心させ、弁解しようとした。

〝俺はここで過ぎ去った思いをもう一度味わうんだ……エヴェリーヌ、彼女はほとんど若かりしマリアンヌの残影だ……それより他のもんじゃない。他のもんであるはずがない……〟

誰も彼を見ていなかった。そこでは誰も彼を探していなかった。だいたい誰もが好き勝手に振舞い、他人に構わないこの家の中で、彼に注意を払う者などいなかった。マリアンヌ自身、彼を忘れているようだった。〝なんとあいつは家族と、仲間と、うまくいってたんだ〟彼は思った。〝ここではなんと元気だったたか……〟彼は心中、マリアンヌとエヴェリーヌを較べた。顔立ちでも、肉体でもない、それには踏み込まず、知性と性格によって。もう、彼はマリアンヌを、かつての姿ではなく、今日、自分に見えるように見ていた。生き生きして、知的だ、だがエヴェリーヌの天性の有り余る豊かさ、多彩さがない。エヴェリーヌは全てに卓越している──音楽、スポーツ、ダンス。彼女の趣味とアントアーヌの趣味は一致していた。

〝四人とも音楽好きだが、エヴェリーヌだけ才能がある〟彼は思った。〝マリアンヌより着こなしがいい。マリアンヌは或る種の仕立てはよく似合う、黒いスーツ、襞のついた紗の襟、だがエヴェリーヌ、白いビーズのドレスを着た彼女はなんと美しい……完璧だ……マリアンヌはかわるがわる子どもみたいに陽気にも、悲しく不機嫌にもなれる。エヴェリーヌは必死に楽しんで、一瞬一瞬が最後とばかりに生きてる〟

〝そして人はそんなふうに生きなきゃいけないんだ〟彼は思った。かつて自分がマリアンヌを〝炎〟

と呼んだことを忘れて。

突然一台の車が庭の鉄柵の前に停まった。アントアーヌは車の扉が開閉する音を聞き、それからエヴェリーヌの足音を聞き分けた。彼女は足早に石段を上り、扉を開けた。毛皮のコートを脱いで、腕に抱えていた。腰回りに金のリボンを結んだ黒いドレスを着ていた。アントアーヌに気づき、立ち止まってこっそり嬉しそうに優しい口調で言った。

「あなたなのね？」

それから
「奥さんはここに？……」

彼は答えたが、自分の言葉が聞こえなかった。今度は彼の方から意味なく質問をした。

「楽しかった？　お前は家にいると思ってたんだ……なんて穏やかなんだ、今夜は……」

だがどちらも唇が発する無用な言葉ではなく、しゃがれて、引き攣った、聞き慣れぬ声音(こわね)だけを聞いていた。二人の眼差しは離れなかった。やっと彼女は通ろうとし、彼は脇に身を寄せた、だが二人の手が触れ合うほどゆっくりと。彼女の指、指輪にそっと触れ、彼女の手首を自分の唇まで持ち上げた、だが口づけする勇気はなく、そのまま下ろした。二人とも震えていた。

とうとう彼が呟いた。

「今夜お前と結婚したがってる青年と会ったのか？」

彼女は頷いた。

「いけない」彼は一層声を低めて言った。

そしてたじろいだ目を彼女から背けた。

「そいつを愛してないなら……ほっておけ」

レヴェイヨンの晩のように、一言も交わさず、キスもせず、二人は愛を、或いは少なくとも、互いに抱いた欲望を確信していた。取るに足りず、二人にとっては重い意味を持つ言葉を発するのをためらう彼女の押し殺した声、ほとんど吐息のような彼の答え――「いいな……」、他には何もいらなかった。そっと、彼女は彼の手を握った。それからアントアーヌは妻の側に戻り、エヴェリーヌは自分の部屋に上がった。真夜中ちょっと過ぎ、アントアーヌとマリアンヌは立ち去った。

20　幻覚と現実

アントアーヌとマリアンヌの子ども、女の子は、七月のある晩誕生した。この年早目に来た夏は、嵐が吹き荒れ、暑苦しく、雨が多く、焼けつくような大気に爽やかな風はそよともしなかった。

アントアーヌは長年に渡って自分のものとなるはずの二面生活を始めていた――一方はエヴェリーヌ、他方はマリアンヌと家庭。二つの面は同等ではなかった。エヴェリーヌは病人の生活で夜と夢が占める場所を占めていた。そこでは幻覚が現実生活に取って代わるほどの力を持つ。ただしその固有の徴(しるし)たる謎と奇妙さが失われぬうちは。

エヴェリーヌがいる時、彼は情熱、弱さ、残酷さ、抑えの利かない欲望を持つ彼自身だった。マリアンヌと新生児との間、或いはルナールと一緒の事務所では、彼は既にありたいと願った人間像を作っていた。後々子どもたちは彼をそんなふうに見るだろうし、彼の死後、人は言うかも知れない。

「冷静沈着で慎重な人だ、内面的に大した波風もない……若い頃とは大違いだ……」

彼はそれを時折意識した。〝二十五と四十の間で、男は誰しも自分の像を作る〟彼はそう思った。

彼と似て非なるその男は、子どもの誕生を歓び、マリアンヌの苦しみに心を痛め、彼女の回復を目の当たりにし、娘の健康と発育を確かめて幸せだった。娘は今、生まれて十五日目だった。付添婦はまだ去っていなかった。夜、彼女は一時間ほど引き下がり、子どもをマリアンヌの部屋で夫婦に任せた。

この日、暑さはことさら強烈で、息をするのも辛かった。アントアーヌはカーテンを引き、窓を開けた。やっと川面に少し風が立った。アントアーヌは子どもが心配になり、揺り籠の幌を注意深く引き上げた。子どもは真っ赤になって小さな拳を握り、新生児の頑固で、怒った、苦しそうな顔をして眠っていた。アントアーヌはベッドに近寄り、マリアンヌの顔をそっと撫ぜた。彼女は微笑んだ。

「ああ！　すっかりよくなって欲しいが、もう大丈夫そうだな……」

「ええ、とっても具合がいいわ」一段と強く吹き、カーテンを膨らませる風の音を聞きながら彼女は言った——また嵐が……

「今日は色んな人と会った？」

「ソランジュが来てくれたわ。あのご亭主、もうじきあの人を監禁しそうよ。田舎に建てたばっかりの家に閉じ込めちゃったの。あの人がパリに来るたびにけんか騒ぎよ。あの人への訪問も一切認めないの。健康を口実にしてるけど、でも、本当は嫉妬してるのよ」

彼女は話を止め、遠くの雷鳴に耳を傾けた。

「嵐ね……ああ！　明日はもっと涼しくなってくれたら……」

「窓を閉めなきゃ、どうだ？」

「だめ。窓を閉めるとたんに息が詰まっちゃうの。赤ちゃんはちゃんと包まれてる？　風を感じないかしら？」

「いや大丈夫だ。こうしてれば。眠ってるよ。何だこれは？」

彼はマリアンヌが床に落としたままの手芸品を取りながら尋ねた。

「揺り籠の掛け物よ」

だが彼は答えを聞いていなかった。風の音に身震いした。どんな嵐になるんだ！

〝今夜出かけるのはよそう〟彼は思った。（エヴェリーヌが彼を待っていた）

マリアンヌは半分目を閉じた。

〝ああ！　早く起きて、出かけられたら。変ね、こんなに生きたいって思ったことは決してなかった。まだ若さの名残が騒ぐのね〟

二人は黙った……

彼は思った。二人にとって、情熱の時はまだ終わってない、心が静まる年じゃあない、二人とも、この先ずっと、ほとんど常軌を逸した恋を追い求めるかも知れない、だがお互いの間にはもう苦しみも無上の歓びもない、と。それは終わったんだ。

しかし彼は何も言わなかった。日常の単純な出来事ではなく、デリケートで深い物事を語り始めると、二人の間に気まずさが忍び込んだ。だが二人とも拘らないように用心した。禁断の部屋の入口に立つようにためらい、恥じ、恐れて、顔を背け、双方合意の下で、貴重な日常茶飯事に逃げ込んだ。

「あなたのお母さまが赤ちゃんのためにきれいな産着のお祝いを贈ってくださったわ」

「ああ！　そうか、昨日来た時の話は聞いてないぞ。あの人何か嫌味を言わなかったか？」

「あなたに似てるって言われただけ。育てるのは大変でしょ、〝もし性格も似てたら〟ですって」

二人とも笑った。突風が唸りを上げてセーヌの川面をかすめ過ぎた。

「もう雨？」

「いや、だがもうじき来るな」

付添婦が扉を叩いた。

「赤ちゃんを引き取りにまいりました……あなた方のお部屋は風が吹き過ぎますわ」

揺り籠を部屋の外に出す前に、彼女はアントアーヌとマリアンヌにそれを見せた。赤ん坊は目を覚ましていたが、家中寝静まる夜を待って、まだ泣かなかった。黒っぽくて青い大きな目をして、もう眉毛があった。

「感動的な小動物だ」アントアーヌが言った。

彼はマリアンヌと離れたくなかった。アパルトマンの静けさ、ランプの明るさ、自分の手の近くにあるマリアンヌの手、全てが彼を引き止め、乳房のぬくもりが子どもをまどろませるように、彼を眠らせた。彼はもう何も望まなかった。胸の鼓動は静まった。もうエヴェリーヌと会わずに生きるのは簡単だ……付添婦がもうじき自分を追い出すのは分かっていた。彼はマリアンヌにぴったり身を寄せ、彼女の頬を裸の肩に押しつけた。

雨音が耳を聾(ろう)した。二人は身を寄せ合った。こんなふうに間近で発せられる二人の言葉は、荒々しい騒めきの中で、一層親密で優しく感じられた。

二人は、付添婦、マルタンの要求（マルタンは禁断のパラダイスの恐るべき番人ではなくなっていた──単に有能な使用人だったが、気まぐれなところがあって、気を配らねばならず、マリアンヌには柔順でなかった。この変化は未だにマリアンヌに皮肉な驚きを与えた）、張り替えが必要なソファー、子どもの顔の話をした。

「あの子の目の形は君のお父さんそっくりだよ、マリアンヌ。あの人、今日はどんな具合だ？」

セグレ氏はこの前の五月に交通事故に遭って以来顔色が悪く、弱ったように見えた。だが誰も彼に会おうとしなかった。家族たちは、たまたま幸運が重なって、長年、病気も死も知らず、それらを否定して追い払うつもりだった。

〝とてもセグレな〟ままのマリアンヌは答えた。

「悪くなさそうよ。でもちょっと熱があるみたい」

嵐が遠ざかった。雷鳴がかすれ、静かになった。どしゃぶりの雨も静まって止んだ。

付添婦が扉を叩いた。

「夜のお仕度の時間ですわ、奥様」

「嫌な奴だな、あの女は」アントアーヌが呟いた。

大きな声で彼は言った。

「勿論、俺は出て行くよ……おやすみ、ルロイさん……おやすみ、マリアンヌ……」

彼は妻の手に優しくキスした。

「ぐっすり眠って。おやすみ」

「出かけないの？」

「ああ、そうだな。出かけない。多分」

21　二面生活

彼は自分の部屋に戻り、一瞬セーヌに面した窓辺に近づいた。外は一面暗かった。低い雲が地平線を走り、その分厚い赤褐色の横腹を瞬間稲妻が照らした。子どもが目を覚まし、しばらく泣き、それから静かになった。アントアーヌは机の上の腕時計、小銭、ライター、入る時そこに投げ捨てた鍵を掴んだ。毎晩マリアンヌが夜中に彼に連絡したい時のために用意したメモ書きをランプの下に滑り込ませた。

〝頭痛がする。君を起こしたくない。どこかビストロのテラスで一杯やってくる。早目に帰る。

Love-A〟

彼は鍵束とそれを繋ぐ鎖を注意深く確かめた。明かりを消し、音もなく外に出た。雨は一時止んだが、今は激しさを増していた。家からガレージへの短い通路で、顔も服も濡れた。彼は車を出した。発車する前に、背後と家をちらりと見た。〝全て順調ならいいが、今夜、マリアンヌがぐっすり寝て、熱が出ないように……子どもが……〟

家、マリアンヌ、子ども、これが幸福なのか、もしかしたら？　そうかも知れない。実際、穏やかで心地よい珍しい瞬間とともに彼が何より感じたもの、それは絶え間ない不安、ひ弱な人間が自分よりもっと弱い者たちに、パン、安全、幸福を与える役割を負っていると思う時、男を捕える身震いだった……だがつまりは、それが幸福として通るんだ……なんとささやかな！……セグレ家の通りで、彼は庭の鉄柵の前に車を停め、約束通り合図のクラクションを鳴らし、バックして、暗がりに車を隠し、待った。彼女は来なかった。彼はエンジンを止め、降りた。雨も、猛烈に顔に吹きつける風も気にしなかった。なんて晩だ！……この過ぎていく時間、夜明けまでの短い瞬間を二人でどこで過ごそう？　ああ！　彼女はどこにいる？　早く、早く……彼は心中、彼女に懇願した。

〝来てくれ、早く来てくれ。お前に会いたい、お前に触れたいんだ。来てくれ〟

やっと、彼女が家から駆け出して来た。ドレスの上に白いレインコートを引っ掛けていたが、帽子は被っていなかった。彼は車の扉を半分開けた。盲目的な力が二人をぶつけ合うようだった。二人はセグレ家の窓の下にいた。いつ、誰かが家から出て二人を見るかも知れなかった。暗がりのかかりそめの避難所の中で、言葉もなく一つになり、キスさえせず、だが奔流に運ばれるように互いにしがみつく二人を。

「来るだろ？」やっと彼が呟いた。

彼女はためらいがちに、答えた。

「今夜はだめだわ……」

「なんで？　俺はそうしたいんだ！」

ああ！　もうこいつはここにいるじゃないか、それで愛撫できず、愛せないなんて、そんなこと…

…我慢できるわけがない……

渾身の力で、彼は彼女を抱き締めた。彼女はとても小さな声で言った。

「いいわ。行きましょ」

二人は出発した。以前ドミニクがソランジュと再会したシャトー・マドリッドの部屋で夜を過ごした。

ここで、二人は一息ついた。だが絶えず、ベッドの枕元に置いたアントアーヌの腕時計を見るために相手の腕から身を解（ほど）いた。

「まだ二時間……まだ一時間……まだ……」

ほとんど明け方になっていた。アントアーヌは思った。〝もうじき家じゃ、皆目を覚ますな〟

戻らなければならない。とても小さな声で、息を詰め、二人は計画を練った。

「明日は？」

「ええ、でもちょっとだけ、六時に」

「待ってるぞ」

「一緒に夕食できるのはいつかしら？」

「一日一緒にいられるのはいつだ？」

「一晩、あなた、一晩中……」

「こんなふうに、びくびくして時計ばっかり見ずに……ああ！　もう四時だ！　夜が開けちまう！」

「この季節大嫌い。冬なら、夜が凄く長くて、守ってくれるし、隠してくれるのに……外でダンスする人たちのこと分かるでしょ？　一晩中一緒で、安心して、パリから離れて……一緒に目を覚ますの……でもそんなの無理ね」

「なあ、明日来いよ……」

〝マリアンヌに会いに……〟とは言えなかった。

「食事に来いよ。六時じゃほんの何分かだけだ、でももしお前が来れば、夜まで一緒にいられる……」

「でもあなたの家じゃあの付添婦が私たちから目を離さないわ。気づかれそうよ……」

「いや、いや、……それでどうなる？　四時だな、エヴェリーヌ！　帰らなきゃ……」

二人は小声で話した。二人の顔、二人の口は触れ合っていた。言葉は慌ただしく、あえぎ、半分は息、半分はキスだった。

「明日は？　明日来るだろ？」

「分からないわ。パパは悪くなってるの。行けるか分からない。もう今夜だって……」

彼女は起きて、さっと身繕いした。その美しい肢体が服を着るのに長い時間はかからなかった。彼女はベルトを着けなかった。ドレスの下の乳房は裸だった。彼はここ数か月のとてものろのろして、とても重苦しいマリアンヌを思い出してうんざりし、エヴェリーヌの胸にキスした。

「放して、あなた」彼女は呟いた。

彼はようやく彼女の顔色の悪さに気づき、尋ねた。

「どうした？　何があった？　来たがらなかったのはお父さんのためか？　なんで何も言わなかった？」

「ああ！　私、来たかったの」彼女はとても小声で言った。

「だが結局、あの人どうなんだ？」

「そうね！　さっき……いえ、昨日の夜ね、あの人咳の発作に見舞われたの……ちょっと血を吐いて」彼女は身震いし、腕時計を見ながら言った。

「医者は来たのか？」

彼女は突然顔を両手で被った。

「来るところだったわ。私、待ってなかった」

「だけど、エヴェリーヌ、今晩もし人がお前を呼んだら……」

彼女はきつい声で答えた。

「私、見つからないでしょ。それだけのこと」

「俺も」一瞬沈黙を置いて彼は言った。「俺も、お前のために全てを放り出した……」

「マリアンヌには何も言わない方がいいわ」彼女はもっと穏やかに言った。

「あの人を不安にさせてどうするの？　あの人は父を愛しているのよ」

「お前も、お前だって彼を愛してるだろう、可哀そうに……」

「ああ！　私、もう他に愛する人はいないの、世界中で――あなた一人だけ……」

彼女は彼に体を押しつけながら、荒々しく激しく言った。

「あなたは、重体だと思う？」

「分からん。お前は？」

「私、あの人もう駄目だと思うの」

その時彼女が泣いているのに彼は気づいた。肩に彼女を抱きしめ、宥めた。しかし、彼は彼女を哀れまなかった。彼が哀れみ、優しい思いを向けたのは、もう一人の女、二人を知る――マリアンヌ、自分の妻――だった。エヴェリーヌは苦しんでいた。苦しみは彼女を一層彼に委ね、彼女の思いを他の男から逸らした。それを喜ばずにいるには、彼は彼女に欲望を持ち過ぎていた。彼女を苦しめたかった。

〝以前のマリアンヌのように〟彼は思った。〝以前の……今はもう。あいつは俺の妻だ。あいつを苦しめる時、俺が攻撃するのは俺自身だ。あいつは俺のものだ、だがこいつは……ああ！　こいつは俺のものじゃない、悔しいことに！　こいつはこんなにも自由で、こんなにも俺にとって他人のままなんだ〟

彼は自分の口をエヴェリーヌの唇に押しつけた。

「明日来るんだ。あの人の具合がもっと悪くても、たとえあの人が死んでも……明日来ると俺に誓え」

22　寡婦カルモンテル

カルモンテル夫人は、夫が死んでから、もう子どもたちを日曜の晩餐に呼ばなかった。六時になると直ぐに床に就いた。小間使いが軽い食事を給仕し、彼女がうとうとするまで傍らに残った。この女は十七年来（らい）、彼女に仕えていた。働き者で、無駄遣いをせず、口数の少ない娘だった。縫い物が実に上手だった。カルモンテル夫人の病気には何でも通じていた。五年、十年経った古い処方箋の束から、夫人が気まぐれに引っ張り出したがる処方箋をたちどころに見つけることができた。子どもたちを思春期から知っていた。アルベール・カルモンテルを介護し、徹夜で看病していた。老夫人にとって、人生を耐えられるものにし、共にいて安らかな時間を味わえるただ一人の存在になっていた。息子たちは言った。

「ジョセフィーヌの影響で、お袋は欲張りになった、倦まず弛（たゆ）まず株を集めるんだ」

カルモンテル夫人は深々と計算に没頭していた。

「最新のロイヤル・ダッチはいくら？　私、忘れてしまったわ。子どもたちは私を馬鹿にするけど、私が考えてるのはあの子たちのこと。なのに、あの子たちときたら……」

「アントアーヌが最後に来たのは一体いつだったかしらね？　ジョセフィーヌ」

「ああ！　三か月前になりますすね、奥様……」

「気の毒な旦那様の時代には、もっとしょっちゅう会ったのにね……」

「あの方が見えたのは愛情のためじゃないかも知れませんね、奥様……」

ベルト・カルモンテルは小さなため息を洩らした。それは小間使いの言葉を完全に理解したことを表し（「何を今更、あなた」と言っているようだった）同時に、秘めた思いをある限度までしか見せない奥様の嗜みと、侮辱を許すクリスチャンの心情が入り混じっていた。彼女は唇を引き締めた。しおれた口の軽い痛みは意味していた。

〝それにしても、私は母親、母親は我が身を犠牲にするのよ……〟

彼女は二つの大きな枕にゆったりもたれて、ベッドに坐っていた。紺地があせたキルト仕上げの絹の部屋着を肩に羽織り、きちんと結った髪の髷が額にかかっていた。彼女はアントアーヌの子どものために掛け布団を編んでいた。ベッドの側の低い小さな椅子で、黒い服を着て、粗末なブラウスをエプロンの白い胸当てで隠したジョセフィーヌが、女主人のほつれた寝間着を繕っていた。

サンテルムでは、ベルト・カルモンテルは一晩中、悪夢にうなされずに眠れた験しがなかった。だがこちらでは落ち着いていた。体調もジョセフィーヌが仕事に就いた十七年来、これまでになく良かった。

「奥様のような神経質な方にはよくあることとよ」調理場でジョセフィーヌは言った。

「ショックで血が巡って、内側がきれいになって、結局よくなるのね」

ジョセフィーヌについて、カルモンテル夫人は言った。

「献身的な娘よ。私のためなら水にだって飛び込むでしょ」

子どもが、幸せであるために、他の誰に愛されずとも、母か乳母に愛されていると感じる必要があるように、少なくとも一人か二人の心を独占すれば、人は誰しも、他の人間たちの冷淡さ、無関心をたやすく、おとなしく受け入れる。老いるにつれ、そして血縁や夫婦愛のお慰めの作り話にも拘らず、人は思い知る、それも日増しに。そうした者たちへの支配力は弱まり、ある者はもうあなたを愛さず、ある者はあなたを憐れみ、ある者はあなたを尊敬し、ある者はあなたを支える、だが、あなたの存在、あなたの息を、もう誰も必要としていない、と。

ベルト・カルモンテルにとって、息子たちの結婚以降、世界には信じる二つの存在しか残っていなかった。パスカルの長男の幼いブルーノ、そしてジョセフィーヌ（彼女は夫を決して信じていなかった。彼女の不幸はそこにあった）。ある瞬間、ブルーノは小学校に行ってから自分の側で退屈している、とかジョセフィーヌが屋敷や、大きな戸棚のある調理室や、明るい下着置き場や、十七年の仕事の習慣ほど自分に愛着を持っていないと気づくと、彼女は何もかも空しいという暗くやりきれない思いを味わった。それは彼女の心の中では死への願望として、行動の中では多くの奇癖と要求として表れた。そんな時、彼女は何事にも満足できず、病気が重くなったように感じた。ロイヤル・ダッチだっていつか値を下げかねない、と彼女は思った。世界がぐらついていた。

「青いリボンをとって」彼女は仕上がった掛け布団を見せながら頼んだ。

「リボンの縁をつけた方がいいでしょ」

「奥様は充分になさったと思いませんか？」

ベルト・カルモンテルは直ぐには答えなかった。自分の作り物を、ベッドの上に落とした。

「覚えてるでしょ？　ジョセフィーヌ。揺り籠のお飾り、掛け布団、枕カバー、ブルーノのために刺繍したオーバー。全部サテンのキルト仕上げよ。なんて仕事かしら！」

「ある方は奥様にあんまり感謝しませんでしたねえ」ジョセフィーヌが言った。

カルモンテル夫人はこのある方が嫁のレイモンを指していると分かっていた。彼女には二人とも我慢ならなかった。

二人の女は黙り込んだ。うかつに手を出せない話にさしかかった気がした。今夜の肝心の会話だが、極度に用心深く扱うしかなかった。

ジョセフィーヌは目を伏せた。

「ジルベール様はお顔の色が冴えませんね」彼女が切り出した。

「ジルベールはね、妻のせいで悩んでるの、あの子を苦しめるからねえ」

「でもジルベール様の奥様の具合はよくなりました。ああ！　ずっとよくなって……でもジルベール様は、ほんとに素晴らしい方ですわ」

ジョセフィーヌは言った。

「覚えていますよ。奥様もご存知の私の甥、妹の息子ですけど、その子が結婚した時……」

だが、ここでカルモンテル夫人は彼女の言葉を遮（さえぎ）った。先ず、ジョセフィーヌの家族に興味がなかったから、それにジョセフィーヌにも家族がいて、それへの思いがあるという考え自体に、何かショックを感じたから、そして結局、ジルベールのことを話したかったから。

「ジルベールはとっても感じやすくて、とっても神経質。誰もあの子を分かってくれないの。私は言えますよ、私だけがあの子を知ってるって、悲しいことに！」

「アントアーヌ様、あの方は違うタイプで……」

カルモンテル夫人はジョセフィーヌが自分が知らない事実を知っているような気がして彼女にきつい視線を投げ、すぐに逸らした。だがジョセフィーヌは口を噤んでいた。お話しくださるなら、お話ししますけど。彼女はジルベール夫婦に関して全てを知った時しか語らないだろう。

「ジルベール夫人に必要なのは、赤ちゃんですよ……子どもたちほど愛情を強くするものは何もありません」

「多すぎるのもなんだけど……」

「確かに、でも一人や二人は……必要ですわ」

「それは私もジルベールに言ったんだけどね。この前来て女房がつまらなそうにしてるってこぼすから、(年がら年中田舎に引っ込んでるっていうのもねえ！) 私、言ったのよ。〝今、あなたの奥さんに必要なのは、赤ちゃんよ……〟って」

彼女は一瞬黙り込んだ。ジルベールの眼差しを思い出していた。

「医者から止められてるらしいのよ」彼女はふっと言った。

「止められてる？　でもジルベール夫人は今はすっかり良くなったと思いましたけど？」

「そう。だけどその面じゃ、あの人は虚弱らしいの」

白い掛け布団をそっとたたみながらベルト・カルモンテルは言った。

「〝母さん、彼女は子どもを持っちゃいけないんだ〟ってあの子は言ったわ。〝医者たちは皆そう言ってる。彼女には恐ろしく危険なんだ〟って」

〝でもそれだけがジルベールを落ち着かせる力を持つのにね〟カルモンテル夫人は思った。お気楽、卑怯、病気、彼女をどう思おうと私の勝手だわ。他にあの子何を言ったかしら? 〝俺たちスイスじゃとても幸せだった……〟然り、周囲に男たちはいず、嫉妬もなく、彼女がパリで夜を過ごす時の空しい期待も、彼女がクリスマスに計画していたロンドン旅行(ドミニクはロンドンにいた)の心配もなく……

〝やっぱり彼女の命を危険にはさらせないよ、母さん〟ってあの子言ったわ。

そうね、その面では虚弱、それはあり得ることよ。でも私がジルベールに言った通り――

〝女は人が思うより丈夫なの。人はあれこれ言うわ――ああ! あの人は決して子どもは持てません! 体が弱くて……とかね。それでいて、そういう人たちが立派な赤ちゃんを産んで、具合が悪くなることもなくて……で、きれいな若い女が死んじゃうことだってあるのよ〟だいたいジルベール夫人の立場で、もし夫を愛していたら、私なら人並みに危険を冒して、共通の運命に耐える方がいいわ。ともかく、確かなことは、彼女のような若い女が自分の人生に目的を与えるには母親にならなきゃだめ、っていうこと。それがなかったら、どうなっちゃうでしょ? あの人、増々退屈するでしょうね。ジルベールも不幸になるでしょ。結局は離婚、それとももっと悪いのは、何年もの食い違い、諍(いさか)い。その一方で危険も、医者たちの意見もあって……

「ああ！　彼等が言うことを信じなきゃいけないのは確かね！」

カルモンテル夫人は機械的に作り物をまた取り上げ、二人は驚異的な速さで仕事をした。心地よい興奮は、どんどん動きを加速し、視覚、聴覚、触覚を最高度に研ぎ澄まし、疲れも眠気も忘れさせた。とっくの昔に、二人は女であることを止めていた。だがこの時、上澄みを取り、和らぎ、毒から解放された古い思い出、遥か遠い感情が彼女たちの中に目覚めていた。一瞬、歳月の重さ自体が軽くなっていた。二人はため息をつき、さらに声を落として話した。

「言っても無駄よね――私の時代、女はもっと勇気があったなんて。私はアントアーヌを産んだ時、死ぬところだった……ああ！　もしあの子が知ったら、子どもたちが私たちにかけた苦労や痛みを知ったら、あんなに親不孝にはならないでしょうにねえ」

彼女は呟いた。苛酷だった過去――手術、苦痛、恐れ、眠れない夜、最初は本当の顔を隠し、半分しか姿を現さず、協調的で、従順で、医者の指示に屈して消え去ると見せて、徐々に居坐り、全ての場所を奪い、どんどん人生の大きな場所を占め、人生そのものとなった病気を思い出した。

〝私が苦しんだ全て……ああ！　私が耐え忍んだ全て、来る日も来る日も耐え忍んで止まなかった全て……〟

彼女はアルベールを待った眠れない夜を思った。あの人は私から離れ、病人の側で生きることに疲れ、他の女たちの方へ行ってしまった……私は幸せになれなかった。なんでもう一人の女が私より幸せになるの？　なんでソランジュには夫の素敵な情熱、愛、その嫉妬、その心配があるの？　苦しみと苦い孤独を他の女たちに任せて。

「私だって、若い女だった……私だって、気ままに生きて、踊って、口説かれたかった」

彼女は呟いた。ソランジュの心に突き立てるように、針をウールに突き刺しながら。

「私だって……義務も務めも全部避けなきゃいけないなんて、都合がよ過ぎるでしょうが……私、ジルベールに言ったの――〝あなた、いいようになさい。私には関係ないわ、私は年寄、でももし私があなただったら、妻に医者の意見は言わずにおくわ。(医者たちは彼女を動揺させないようにそれを隠していた) 子どもを持って、神の聖なるお慈悲にお任せするわ……〟って」

「ジルベールの子ども」彼女は突然言った。すると愛情の波が彼女の心に溢れ、その表情、厳しい口元を和らげた――「小さい頃、あの子はなんて美しかったでしょう！　それにとっても賢くて……あとの二人は泣き喚いたけど。パスカルは、健康だから泣くんだけど、アントアーヌの方はむしろ意地悪よ。一晩中泣くんだから。乳母は一人も我慢できないの。最初の二か月で四人も代えたわ……ずうっと難しい性格だったわ……」

「アントアーヌ様のことは」ジョセフィーヌが無関心を装って言った。

「奥様、この前私、誰に会ったお分かりですか？　マルタンさんですわ……」

「まあ！　本当に？」カルモンテル夫人は熱烈な興味を込めて囁いた。

「あの人あなたに何を話したの？」

「まあ！　あれやこれや……アントアーヌ様は奥様のご家族にひどくご執心のようで、特に奥様のご姉妹の一人、妹さんに。ご一緒のところをえらくしょっちゅう見かけるそうですよ……」

〝まあ！　やっぱりそうなのね〟カルモンテル夫人は思った。

彼女は自分が知りたいことを知っていたが、自分の思い、不安、感情にはこの晩のための割り当てがあった。急に疲れ過ぎが心配になった。しばらく話さず、考えず、無理やり仕事をした。手を動かしているとようやく気が静まった。

ジョセフィーヌも黙っていた。二人とも自分がより満足して、心が軽く、和らぎ、夜と夢への準備が整ったと思った。

カルモンテル夫人が改めて小間使いに語りかけた時、その口調はよそよそしく、内緒話の終わりと、礼儀としきたりへの復帰を告げていた。

「さあ、お片付けの時間ね……」

「そうですね、奥様……」

「昨日の煎じ薬は充分暖まってなかったし、お砂糖も足りなかったわ」

「分かりました、奥様……」

「明日は、ブダン先生の新しい粉薬を始めますよ」

「奥様、あの先生の水薬はすぐお望みですか？」

夜の習慣が、一つ一つ、果たされていった。

23　セグレ画伯の死

セグレ氏の病気はその家族を夏の間中パリに引き留めた。マリアンヌと子どものために、アントアーヌはコンピエーヌの森に戸建ての家を借りた。彼自身は、そうなると自由だった。

アントアーヌの仕事は日増しに心を奪うようになった。共同経営者のジャン・ルナールは女のように移り気で見栄っ張りで、努力を続けられず、困難な仕事の全重圧がアントアーヌにのしかかった。この夏は耐え難かった。極度の暑さと疲労でアントアーヌはずうっとエヴェリーヌだけが癒せる神経過敏状態にあった。

エヴェリーヌと彼が空いたアパルトマンで寝る夜、二人がパリの外に逃れる何時間、街中、玄関先、セグレ家での徐々に稀に、短くなる二人のランデヴーには、ほとんど恐ろしいほどの幸福が刻み込まれた。

二人きりで一緒にいる時、呵責の影すら遠ざけられることで、二人は似た者同士だった。恥も、慎みも二人にはなかった。一緒に、改めて青春の情熱を見つけていた。それはありあまる感情の中、肉体の欲望が魂のひ弱な抗議を押し殺すほど激烈な時にしか充たされなかった。

絨毯も壁掛けも取り払ってがらんとしたアパルトマン。そこでは二人が歩くと床板が鳴り、全てがマリアンヌを語っていた。その中で決して彼女の記憶は二人をかすめなかった。エヴェリーヌは、特に、今この瞬間に溺れ、目を閉じて、海の波に運ばれるように身を任せることができた。

秋の初め、マリアンヌが戻る三日前、アントアーヌとエヴェリーヌはまだその帰還を思わず、それを忘れ、心から完全に消し去ることができた。だがそんな日々は過ぎた。もう一夜、一晩しか残っていなかった。

その晩、アントアーヌは、かつてマリアンヌが彼を待った小公園で恋人と約束していた。

ここ一週間程で、季節は変わっていた。容赦ない夏は和らぎ、雨に溶け込んだ。六時頃、約束の時間が来た時、霧が地面から立ち上るように見えた。最初は薄っすらと、それから段々濃く、暗く。全てが一瞬にして秋の空気をまとった。湿った葉が落ち、水、地面、霧の苦く、心地いい匂いが空気に浸みこんだ。

すぐ、夜になった。静かな界隈に、人影はまばらだった。アントアーヌは鉄門の方に向かって来る一つ一つの足音に耳を傾けた。だがそれは彼が知り抜いた、死の瞬間に千の中からでも聞き分けられる足音ではなかった……

彼は行きつ戻りつ、ベンチの前を通った……そこで時折、彼はマリアンヌを待った、二年前に……(たった二年か? と彼は思った)そこではより多くの場合、待つのは彼女だった。公園に人気(ひとけ)はなかった。子どもたちは去り、ベンチは無人で、一つの叫びも、小鳥の鳴き声もなかった……いきなり姿を現した最も淋しい秋だった。

彼は何気なく地面を足で叩いた。公園のこの辺りには子ども用の砂が溜まっていた。ここ数日の雨で、砂は水と土に混じって黄色い粘土になっていた。それは墓場と塹壕のねばねばした泥濘(ぬかるみ)に似ていた。ああ! あの時代、戦争、あれはもう何と遠い……〝あの頃、俺はもっと賢かった〟彼は思った。〝もっと年をとっていた……恋に快楽しか求めなかった。今は……〟

彼は自分をエヴェリーヌに引きつける力を慄きながら測った。〝それでも、いつか、あいつは俺から去るだろう……この情事はあいつにとって、一つのエピソードでしかないはずだ。十年すればあいつはこれを恥じるだろう、マリアンヌがもう、娘だった自分を理解しないいくらい理解しないだろう〟

〝そうだ、十年したら、結婚して、年を取り、落ち着いたあいつは思うさ。〝私、どうかしてた〟と。俺を懐かしむだろうな。狂っていようと、罰当たりだろうと、人は自分の青春を懐かしむものだから。だが、幸せに安住したエヴェリーヌは、俺が想像すらできないもう一人の女だ。マリアンヌ、こっちは俺が知る女、今この時も、将来も。四十、五十になったあいつが俺との関係、子どもとの関係の中でどうなるか、俺にはおおよそ分かる……この先十年、二十年の彼女の体が想像できるように。（髪は早く白くなるだろう、もう白髪が何本か……痩せすぎ、首は長すぎて、早く色褪せるだろうが、目はきれいなままだろうな）同じように、あいつの行動も、考えも予想するのは簡単さ。もうじき、あいつは俺を愛さなくなる、だが決して俺を棄てないだろう。あいつは変わる、確かに、だがその変化は予想のつく一定の方向の中でしか起こらないんだ。ところがエヴェリーヌのような娘は複雑で、不確かで、分裂してる。あらゆる可能性を隠していて、最悪の売春婦にも、最も貞淑な妻にも、あるいはソランジュみたいな病人にも、俺の母のような半狂人にもなり得るんだ。あいつが事実俺の恋人だからってこれは何も変わらん。おそらく結婚だけが、その時、あいつの中で変わらずに残る形を決めるだろうな〟

彼は突然、十年後のセグレ家での晩餐を想像した。

〝十年なんてあっと言う間だ……十年前、一九一二年、あのノールの浜、砂丘の上で俺と寝たあの娘たち。あれが昨日のことだ。同じように、十年したら、ああ、俺はあいつに会うだろう。変わって、落ち着いて、幸せで、無関心なあいつに。間違いなく、あいつは俺のことを恥じるさ〟

改めて、彼はマリアンヌのことを考えた。

〝せめてあいつは恥じているか？　いや、あいつは忘れた。すっかり忘れたんだ。あいつが心配するのは、乳の出が悪い、子どもが増えない、お菓子が届かなかった、そんなせいさ……今俺が待っているように……空しく……正にこの場所で俺を待ったマリアンヌ、柔順で、熱烈で、恋する、あんなに完全に俺の物で、俺の意のままになり、俺の一言で家も家族も棄て、どこへでも俺とともに去っただろうマリアンヌ。今、俺を〝可哀そうなあなた〟なんて呼び、俺を信じる、見かけはどうあれ、もっともなことに、あんなに俺を信じるマリアンヌ……そんなふうに、後々、エヴェリーヌも夫の腕の中で同じここを通りながら考えるだろう――〝私があんなことができたなんて、この私が〟……〟

〝俺はそれを願わなきゃなるまい〟彼はなおも考えた。〝そうならなかったら、俺たちはどうなっちまうんだ？〟

時折、彼は足を止め、ライターの炎か、霧を貫くガス灯の光で時計を見た。七時、八時……だが彼は立ち去らず、彼女を待つだろう。これは最後の晩だった。

彼女はこの晩、来なかった。アントアーヌが、今度は自分が空しく待った公園から去った時、セグレ氏は、苦しいため息をつき、見て、聞いて、思い出すために最後の力を振り絞り、疲れ果てて、死んだ。

24　結婚の力

一九二三年から二四年にかけての冬は、アントアーヌとマリアンヌにとって、恐ろしく速く過ぎた。二人には待望の息子が生まれた。子どもは虚弱で、絶え間なく泣き叫び、絶えず手を焼かせた。アントアーヌの生活は仕事かマリアンヌに奪われた時間と、恋人に与えたごく短い瞬間からなっているようだった。前者は努力と苦痛を伴い、後者は全ての歓びにあらかじめ毒が入っていた。

もう何年も前から、セグレ家はほぼ破産していたが、家族は昔通りの暮らしをしていた。セグレ氏が死んで、古い借金が未亡人にのしかかった。レジーヌはロンドンに発ち、そちらで女友だちと一緒に小さな骨董店を開いた。オディールは結婚した。エヴェリーヌは母と共に暮らしていたが、母は二人に残された僅かな金を狂ったように使った。マリーズ・セグレはエヴェリーヌの華々しい結婚を当てこんでいたが、やむを得ず、母娘を養うのはアントアーヌだった。アントアーヌの仕事は順調だった。（楽な時代で、株式市場が追い風になった）だが、金銭問題がただでさえ異様で辛いアントアーヌと恋人の関係に持ち込んだあらゆる苦渋と困惑は別としても、毎月末は、やはり問題だった。エヴェリーヌの仕事か結婚を認めるには彼はあまりにも彼女に恋々（れんれん）としていた。彼自身は背後にお荷物のような共同経営者のルナールを引きずりながら、全力を振り絞って仕事をした。時折、マリアンヌと二人切りで過ごす夜だけが本当の休息の時になるほどの疲労の段階に達していた。二人ともしゃべらず、彼女は子どもに、彼は人生の様々な困難に心を奪われていた。二人とも夕食を終えると、ほとんど直ぐに床に就いた。大きなベッドの温もりの中で隣り合って横になり、眠りが二人を捕える最良の瞬間に退却しつつ、一番取るに足りないことを小声で語り合った。夢の中で、アントアーヌはエヴェリーヌと再会し、マリアンヌは、明け方、廊下の端の息子の甲高く苦しそうな泣き声を聞いた。息子は眠らず、栄養を全部はねつけ、朝の何時間か彼女の腕の中でしか大人しくならなかった。

二人でいる時、二人の悩みはくっきりした輪郭を持たなくなっていた。二人とももう苦しみと重荷しか感じていなかったが、それが突然、不思議なことに軽くなり、ほっと息をついた。二人は黙って、眠ったふりをした。家は静まり、部屋は薄暗かった。マリアンヌは枕元のランプを消した。アントアーヌが点けたままのランプが、ほとんど読まずに自分の前に広げている書物を照らしていた。半分開けた窓から夜の寒さが上がって来た。ベッドの中は、暖かく穏やかだった。一緒に寝る暖かさ、静けさ、一時(ひととき)の安らぎは二人をまどろませ、日中の喧騒の中でも、恋の最中でも決してなかったほど二人を結びつけた。それぞれが相手の中に自分とは異質で、おそらくは自分自身、自分の幸福、自分の安らぎの敵となる思いを感じ取っていた。だが二人ともそれに踏み込もうとせず、なるべく知らずにいた。反対に、怪しげなイメージが夫婦のベッドの足下で止まり、その気配を越えないような信頼への決意、幸福への意志を決め込んでそれに対抗し、辛抱強く夜が来るのを待った。本人たちより正直で、お互い心の奥底にとても用心深く、とても巧みに隠したものを解放する夜を。

二人は滅多に人を呼ばず、外出するのはさらに稀だった。生活は、この時代、楽で、狂熱的だった。だが二人はもうそれに倦み疲れていた。エヴェリーヌは以前の暮らしを続けていた。それがアントアーヌとの関係のいい隠れ蓑になった。そんな環境、そんな生活を親しく知ることは、アントアーヌにとって絶え間ない嫉妬と数知れぬ苦しみの源だった。彼はエヴェリーヌと二人きりで何週間も過ごしたいという欲望に取りつかれていた。だが時が流れ、それは増々困難と思われた。義務と責任は年につれて増える一方で、彼にのしかかり、終いにはアントアーヌ本人が、欲望、情熱もろとも、近親者、得意先、仕事上の知り合い、妻と二人の子どもへの煩わしい配慮が創るもう一人のアントアーヌに窒息させられそうな気がした。二人の子どもはまだとてもひ弱で、もうとてもうるさく、手を焼かせた。その病気、泣き声、わがまま、かかる費用が、彼の生活、マリアンヌの生活を支配した。

遂に、一九二四年四月、アントアーヌはアメリカに仕事で出張する機会を得た。一方エヴェリーヌも船で旅立った。彼女は友人たちと船旅に出るという口実を設け、二人はイギリスで落ち合い、そこからニューヨークに向かった。その時まで、関係のごく初めの数週間を例外として、二人が幸せだった験しはなかった。エゴイズムと個人的礼節のある限界を超えてしまった恋は息のできない空気に包まれる。当初は空気が希薄な高山で、心が高揚し、軽快に弾むような気がして谷間で生きる者たちに同情する。ところが、少しずつ、人は不安と眩暈（めまい）を感じる。そんな時実感するのはもう幸せになり得る恋ではなく、その名自体が〝苦痛〟を意味する熱狂なのだ。

初めて、アメリカでの、絶対の自由、アントアーヌにとっては、エヴェリーヌの側の他の男どもの不在。実際彼らは用心深く二人きりで過ごし、アントアーヌが内心密かに〝俺の地獄〟と呼んだものは和らいだ。

二人はようやく一緒に眠り、生活し、もう互いに隠しも、急ぎもしなかった。フランスでの暮らしのはらはらする空回りは収まり、二人は省察、愛情、理解の時を得た。ある晩、コンサートから一緒に車で帰りながら、ほとんど同じ言葉で同じ意見を語り、趣味の一致に驚嘆して、エヴェリーヌは笑いながら言った。

「私たちお話する時間が無かったのね、これまでは。セックスする時間ばっかりで」

彼女は彼の手を取り、そっと、握り締めた。

「結局、一緒に幸せでいるために、私たちに欠けてるものなんて何もなかったのね……」

ニューヨークで過ごした最後の日々は楽しかった。エヴェリーヌは落ち着いて、快活そうに見えた。ところがある晩、彼が彼女を腕に抱き、彼女が眠っていると思っていると、唐突に彼女がどっと泣き出した。彼は言葉を失った。彼に何が言えたか？　彼女がどうして泣くのか、彼にはよく分かっていた……彼女はやっと涙ながらに呟いた。

「こんなに幸せになれるなんて、私、知らなかった……これまで私たち絶対こんなじゃなかったもの。この自由、この安らぎ……ああ！　幸せなマリアンヌ、幸せなマリアンヌ！」

「それを言うな！」

彼女は彼を抱き寄せ、口を寄せ合って話す時のとても軽い息、ほとんど言葉にならない息をつきながら呟いた。

「あなたあの人と別れる？」

「分からん」彼は疲れを感じながら言った。

「もしお前が望むなら、多分そうする」

彼女はしばらく黙っていた。それから頭を振った。

「いいえ……あなたはあの人と別れないわ」

「だけど、お前と俺はここまで幸せだったじゃないか！」

「幸せですって！　いいえ、地獄だわ」彼女はとても小さな声で言った。「一瞬、一時間会うために宙づりになったあの全ての夜や昼、残りの時間は？　何にもなく、待つだけ。そう、あなたが言うのは分かってる――俺もそうだって。確かにね。でも、それが慰めだと思う？　いいえ、ずっとひどいわ！　あなたは男よ、私を苦しめて幸せを見つけることだってできる。でも私は……ああ！　あなたに幸せになって欲しいけど」

彼女は努めて微笑みながら言った。

「いつも悲しそうで、疲れや悩み事におしひしがれて、私の側に男の影を見ると嫉妬に苛まれる、そんなあなたを見ると、私、ひどく悲しくなってしまうの。あなたは私の友人付き合い、あなたが私の快楽と呼ぶものを非難するわね。だけどね、私は自由に息をして、笑って、生きて、あなたを忘れなきゃならないの！　あなたはちゃんと忘れるじゃないの、あなたは！　望もうと望むまいと、奥さん、子どもたちと一緒の時、仕事の最中に、あなたは私から解放されるじゃないの！　分かるでしょ」彼女は静かに言った。

「私、それこそが結婚の力だと思うの。そこでは愛は大きな場所を持たないか、もう持ってないのね。お互いを思うことを止めてしまう、もう相手を意識もしない。私たちには辛い意識があるのにね、まるで傷みたいな。私、辛いわ」彼女は泣きながら呟いた。

アントアーヌには彼女を宥め、慰める力も、やはり愛撫して静める力も見つからなかった。心が張り裂けそうだった。彼は思った。

〝絶対、俺たちはこんなふうに発つんじゃなかった。こんな幸せを知るんじゃなかった。これは俺たちのためにできてないんだ〟

彼は打ちひしがれて、ようやく言った。

「俺たち、何も変えられんな」

数日後、二人はフランスに着いた。別れる前に、最後の一昼夜をル・アーヴルで過ごした。明け方、エヴェリーヌは眠っていた。だがアントアーヌは眠れなかった。六月の初めで、ひどく暑かった。彼は起き上がって、浴槽に冷たい水を流し込み、しばらく水の中にいて、エヴェリーヌの側に戻った。陽が昇り、半分開けた鎧戸、大きく開いた窓から射しこんだ。彼は陽光でエヴェリーヌが目を覚ましてしまうのを心配した。くすんだ色のカーテンを引き、窓の前でピンで止めた。彼はエヴェリーヌを優しく見つめた。どれだけ彼女を愛していたか！　だがなんと嫉妬深く、悲痛で、非運な愛！　それはずっと前から、彼に幸せのかけらさえ与えてくれなかった！

〝俺は年寄になりたい〟彼は熱く思った。〝恋から解放されたい！　世界にそれ以外望みはない！〟

時折、もう一つの望みが彼の頭に浮かんだ。時に彼は恋人の死を願った。

彼がベッドから離れようとすると、すぐに、彼女が目を覚ました。

「出発の時間？」彼女は尋ねた。

「いやちがう。夜が明けたばっかりだ。おやすみ」

彼女は深いため息をついた。

「ここで旅はお終いね……」

彼はベッドから離れた。突然額を窓のカーテンにもたせかけ、子どものように泣きじゃくった。彼が泣くのを彼女は一度も見たことがなかった。

彼女はとても小さな声で言った。

「私、なんて疲れちゃったのかしら……まだ二十四なのに、お婆さんみたいに疲れちゃった。ああ！　もし私たちが賢かったら……」

彼は黙らせようと彼女の口に手を当てた。

「待って」彼女は言った。

「私に触らないで。もしあなたが私にキスしたら、また、世界に何も無くなっちゃう」

「でも挨拶さ、これは！」

「いえ、違うわ！……あなた、よくご存知ね。これは一瞬だけ。キスは終わらなきゃならないし、私たち、別れなきゃならないいじゃない！　そして一時間のランデヴーを待って過ごす毎日がまた始まるんだわ。また別れて、また待って、きっとマリアンヌが全てを見抜く瞬間まで」

「俺はそれを願うことがある」

「絶対に、あなたはあの人と別れないわ。絶対に。あの人はあなたの妻よ。しっかりあなたを捕まえてるの……どこまであなたを捕まえてるか、あなたには分からない。でも、私には分かるの。だってあなたは丁度その範囲で私から逃げるんだもの……以前私と結婚したがった青年、覚えてる？……前に。話しをさせて。彼にまた会ったわ。彼は手紙をくれた。私、彼を愛してない。でも最初に来た人よ。彼は外国に住んでいるの、だから、私たち、嫌でも、お別れだわ」

「だめだ！　絶対に！」

彼女は何も言わず彼を見つめた。すると微かな微笑みが唇の端に浮かんだ。彼が差し出した手を握った。

「私を見て。あなた、正直になれる？」

「お前といる時、俺はいつだってそうだった。多分、誤りだったのか。俺はお前に同情しない。時折、お前の方が俺より強く、きっぱりしているような気がするんだ。俺の中には自分でもいやになる弱さがある。絶対誰にも、マリアンヌにも見せないけどな。だがお前といると俺は慎みを失くしてしまう。お前の前なら恥もなく泣けたんだ。確かに、俺は正直になろう」

「私が他人のものになったと知るより、私がいなくなる方が苦しまないでしょ？　時々、嫉妬はあなたの中にある愛をほとんど消してしまうし、ずっと優しさを消してきたわ。嘘をつかないで。私、分かっているの。私を見て、言いなさい――〝他の奴のために俺と別れちゃいけない〟って」

「他の奴のために俺と別れちゃいけない」アントアーヌは言った。

ゆっくり二人は手を解いた。

「いいわ」エヴェリーヌは言った。

彼女はため息をつき、顔を背けた。枕に顔を埋め、彼が眠ったと思ったほど静かだった。彼は彼女をそっとしておき、ベッドの下に置いた身の回りの物を片づけ始めた。

25　旅の疲れ

十時にエヴェリーヌは起きて、化粧を始めた。落ち着いた様子で、アントアーヌは今、昨夜の自分の興奮と弱さを恥じた。二人とも最大限心の平静を装いながら話した。鏡の前で低い椅子に坐って髪を整えていたエヴェリーヌが、突然髪の毛を肩に垂らし、ためらいがちに言った。

「私、あなたと一緒にパリに帰りたくないわ。皆まだ私がイギリスにいると思ってるし。私たちの最初のアイデア、馬鹿げてたわ」

二人はパリの手前の駅で別れ、彼は一人で着き、彼女は近郊のホテルでしばらく過ごし、そこにまた彼が会いに来ることにしていた。

「あなた、当分、凄く忙しいでしょ！　私、ほとんどあなたに会えないわ。それに、あなた、何日か私無しで暮らすのがいいわ……自分を見てよ、怖い顔をしてるわ……あなたの顔に真実が書いてあるのに、マリアンヌがそれを見ないなんて、私、時々驚いちゃう」

「結婚したら、お互い見るのを止めちまうんだ」彼は呟いた。

彼女はため息をついた。

「本当に？　なんという安息かしら……」

「じゃあお前はどうするつもりだ？」

「ここに五、六日いるだけよ、グラース海岸に小さな土地を持ってるお友達がいるの、彼女の家にね」

時間をかけて、彼はこの女友だちが何者かを知ろうとした。彼女は答えたがらなかった。微笑みながら彼を見た。とうとう彼女は笑った。（後々、女の唇に浮かんだこの子どもの笑いが、彼の最も暗い夢の中でしきりに耳に鳴り響くに違いない……）

「ずいぶん虐めるのね、可哀そうなアントアーヌ！ ミス・トーンっていうイギリス人のお婆さん、知らなかった？ あの人ル・アーヴルに小さな家をお持ちなの。夏はお客を泊めてるわ。私あの人の家に行くわ。一日中紅茶を飲んで、お散歩して、それから眠るわ。他はいらない。あの人は私をご存知だから、そっとしておいてくださるわ。それが私にはいいの。私、へとへとだもの。さあ、行って！ 行ってよ！」彼女は彼の手を握り、優しく見つめながら言った。「さあ！」

二人は別れた。彼はマリアンヌと再会するのが怖かった。最初の瞬間は辛かった。二人は駅のプラットホームでキスを交わした。車の中でいくらか離れて坐り、無理やり話し、笑おうとした。だが一緒にいる本当の幸せは感じず、完璧な夫、妻の姿を見せよう、熱く語ろうと気を回した――〝どんなにあなたに会いたかったでしょう……〟〝やっと会えて嬉しいわ〟あるいは〝ようやく、この忌々しい旅も終わったよ〟役作りの稽古をする良い役者さながら。まだ役になり切らないが、台詞の一つ一つが段々迫真の調子を帯び、最後には見事に感情を生み出すほどの熱心さで。

二人は一時間ほどで別れた。事務所で人がアントアーヌを待っていた。だがその晩彼は早く帰り、子どもたちがベッドに寝かされるまで、しばらく一緒に過ごした。年上のジゼルは歩き始めた。ちびのフランソアは最初の歯が生えた。血色は悪いが元気な子で、絶えず動き、揺り籠で泣きながらむずかった。アントアーヌはその子を腕に抱こうとした。子どもは小さな拳を握り締め、力いっぱい彼を押しのけ、叩き、何度も激しく身をのけ反らせた。マリアンヌがぎょっとしたほど激しく。

「放して。この子落っこちちゃう。気をつけて」

彼女はその子を彼から取り上げ、しばらく静かに揺すってから女中に渡した。

「この子を運んで、ばあや、二人とも連れてって」女中が去ると、彼女は言った。

「あの子はとっても神経質なの。でもずっと丈夫になったし、よく食べるわ」

アントアーヌはむっつりしていた。二人の子どもの背後で扉を閉め、突然尋ねた。

「君は君ら姉妹を育ててくれたイギリスのお婆さんの話をしてくれたことはないよな？　ミス・トーンっていう」

「あら、したじゃない」マリアンヌは答えた。「ル・アーヴルにお住まいよ。なんで？」

「いや別に」彼はほっとし、言いようもなく幸せな気持ちになって言った。

彼はそのミス・トーンがル・アーヴルの取引先の子どもを教えているという作り話をした。一段と軽快に、一段と楽し気に話した。にっこりしながら周囲を見回した。

「なんて静かなんだ、ここは……」

「お腹空いてる？」

「ああ、そうだな。喜んで食うぞ」一口も食べられない気がしたが。

やっと、やっと、彼は解放された！　エヴェリーヌは嘘をついていなかった。あいつがル・アーヴルに残ったのは、言えない理由のためじゃない。あいつはトーン婆さんの所にいる、一人で。俺はあいつを忘れていられる。忘れる？　違うな、だがあいつを意識するのを一瞬止めるんだ。たとえば、ある種の傷の痛みは全く動かずにいると軽くなる。俺に必要なのはそれだ。不動、精神の安逸、極端な怠惰。そいつが不安、記憶、煩わしいイメージを遠ざけ、自由な空間には、弱まって限られた欲望しか残らない——渇き、睡眠。

夕食が出た。彼はなんとか食べ、それからその後直ぐ、肘掛け椅子に坐り、目を閉じた。

「直ぐ休みたい？」マリアンヌが尋ねた。

彼はびくっとした。

「いや、いや、まだ……」

匂いも体形も忘れていたこの妻が傍らにいる夜を恐れた。眠りながら発するかも知れない言葉、唇に乗せるかも知れない名前を恐れた。自分の夢まで恐れた。

彼は努めて微笑んで彼女を見た。

「俺と再会できて嬉しいか？　マリアンヌ」

「ええ」彼女は言った。

彼は目を逸らし、彼女が場所を変えた肘掛け椅子を見た。

「ああ、その方がいいな」

「そうでしょ？」

「なんとこの部屋も変わったか……」

「そうね、分かるかしら」

彼女はアントアーヌが表に出さない思いを、夫婦ならではの機敏で繊細な感性で捕えて言った。彼が心の中で、青春時代のこの部屋を見直していると察しがついた。あの頃、屋敷はアントアーヌの独身者用マンションでしかなかった。

「私、〝あの頃〟の古いお友だちに会ったわ」

「誰だ?」

「先ず、ニコル」

「ニコル?」彼は分からず鸚鵡返しに言った。

「ああ! そうか……そりゃまた……どこで会った?」

「私の美容室で会っただけよ、昨日ね。あの人太ってた。それとドミニク・エリオにも会ったわ」

「ほんとに? あいつどうなった?」

「あんまり変わってなかったわ。旅、女、知的で精神的な関心事。とっても魅力があるわ。不思議よね。自分じゃシニカルだと思ってるけど、臆病なだけ」

「あいつはずっと人生の余白で生きて来たんだ」アントアーヌは言った。

最初の驚きが去ると、彼はもうドミニクに興味がなかった。心の中はエヴェリーヌに占領され、それ以外何も心に刺さらなかった。

とはいえ、彼はドミニクに穏やかな友情を持っていた。愛人、一夜のお愉しみでしかなかった頃のソランジュとマリアンヌについての二人の打ち明け話を思い出した。愉快ではなかった。ニコルの存在を思い出すことが愉快でなかったように。青春の友人たちは人がそこにそっとしておいた物陰から不意に現れてはいけない。古い思い出はそこに片づけておくのが礼に適い、都合がよく、彼らもそこで澱を消し、澄んで、嫌な臭気を失くす。年老い、あらゆる情熱が消えた時以外、人がそれを掘り起こすのは危険だ。ああ！〝昨日エヴェリーヌに会ったわ。あの子あんまり変わってなかった〟と妻が言う、それをほんのちょっと驚いて、悲しく、戸惑うだけで、落ち着いて聞ける、そんな時は来ないか？

「私が何を考えてるか分かる？」マリアンヌが突然言った。

「私たちのここでの初めての夜よ。今みたいに、玄関のテーブルの上に開けた鞄、マルタンが私たちの部屋で中身を出した旅行用の大きな鞄があって、あなたは同じその場所に坐ってたわ。それから、ここで食事したの、このテーブルで。でも子どももいないし、お花もなかった……覚えてる？」

「よく覚えてるよ……俺たち、凄く満足しちゃあいなかったと思うが……」

「今より満足してなかった？」マリアンヌが尋ねた。

「そうだな……」

彼は思った。

〝もしこいつが知ったら！……何て夢想だ……それを恐れるどころか、願うとは……こいつは分かりそうだが……こいつくらい頭が良ければ、俺を助けることだって……勿論、俺たちは苦しい時、貧しい時、病気の時、互いに助け合わなきゃならん。俺がこいつに救いを求めるのは許されないか？絶対に、百回も千回も、許されん！ 俺たちの間に、正直なんてあり得ない。結婚の絆は偽善、遠慮に鍛えられるほど強くなるんだ。向かい合ってお互い自由で、寛容な夫婦、沈黙にも嘘にも逃げ込まない夫婦なら恋人、素晴らしい友、仲間になれるだろう、だが夫婦であるのは止めてしまうさ。結婚に必要なのは生身の人間じゃない、体裁と仮面だ。マリアンヌは俺に働き者の忠実な夫を見なきゃいけないんだ、こっちがこいつに完璧な妻を見なきゃいけないように。実際、こいつは何者だ？　なんで俺はこいつがここ数週間、家と子どもの面倒を見て過ごしたってここまで信じ込んでるんだ？　エヴェリーヌとそっくりで、すごく浮気で惚れっぽいと知ってるこいつが。だが幸せに生きるために、俺たちには安全な体裁がいる。俺たち自身で俺たちの伝説を創る必要があるんだ。そしてごくそっと、知らぬ間に、それは作られてるんだ。何年かうちに、誰かが、例えば、マリアンヌは初めは俺の情婦だった、なんてほのめかそうもんなら、俺は本気で腹を立てるだろう。もう、俺にはほとんどそれが信じられない。彼は思った。自分の中の何者かが〝あいつがお前の情婦だったなんて本当か？〟と自分に抗議するように、身内に微かな否認の徴(しるし)を感じ取りながら。そうさ、そうじゃないか、心中、見えない相手に向かって力を込めて彼は言った。こんな虚偽の力が結婚の外で働かないとはなんと残念な！　エヴェリーヌの死……そう、あいつから自分を解放し、やっと息をつくためにあいつの死を願わせるある種の欲望、ある種不可解な残酷さを自分の中で撃退できたら！……〟

　彼は体を動かし、目を開いた。半分眠っていた。マリアンヌは目を上げず、刺繍をしていた。二人は子どものことを話し始めた。ジゼルは優しく、思いやりがあって、素直、赤ん坊は年にしては異様に発達し、周りが何でも分かり、自分に微笑みかける、とマリアンヌは言った。アントアーヌは、自分の目には、二人は普通の子どもで、気まぐれな少女、虚弱な赤ん坊、まだ心のない小動物に過ぎないが、多分それも仕方ないか？　と思った。子どもに愛着を持つには、生まれた時から、ありのままの子どもではなく、実際よりもずっと強く、ずっと美しい想像上の存在を見る必要があった。それだけが、彼等のために自分を犠牲にし、喜んで身を捧げ、彼等も自分も誇らせてくれる。

マリアンヌが突然尋ねた。

「大丈夫？」

彼は頷き、ため息まじりに言った。

「大丈夫さ」

彼がどれだけ疲れていたか！　エヴェリーヌの言葉を思い出した……（あれはいつだったか？　今朝か？　まだ？……）

〝私、お婆さんみたいに疲れちゃった〟

〝じゃあ、俺は？……俺は百歳だ……〟

マリアンヌは彼のぼさぼさの髪の中にゆっくり手を通した。

「服を脱いで、戻るわ。あなたは寝なきゃね。すごく疲れた顔をしてるわ、急に……さあ……」

「直ぐにな、直ぐ」彼は彼女に目をやらず答えた。

彼女は立ち上がって手芸品をたたみ、自分の前の開いた小箱に鋏と指貫と最後の絹糸をそっと入れ、それから出て行った。

一人になって、彼は両手で顔を隠し、じっとしていた。慈悲深い疲れがようやく彼をエヴェリーヌの亡霊と思い出から解放した。もう眠ることが怖くなかった。習慣の糸が彼をマリアンヌと結び直した。忘れたが、知っていた一つの動作で充分だった――夜になって、自分の手芸品をたたみ、指貫と鋏を膝の上の開いた小箱にそっと入れる。彼女はもう彼の幸福の敵対者、障害、人生の絶えざる恐怖、エヴェリーヌと彼が思い出す度に震撼する彼女ではなかった。（〝マリアンヌが知った時は……マリアンヌが気づく日は……〟）エヴェリーヌの思い出が、ようやく、彼を憩わせた。

河の上を川船が通り、船を曳く呼び子が聞こえた。彼は思わず飛び上がり、蒼ざめた。いなかった数週間で、聞き慣れたその音を忘れていた。ル・アーヴルのベッドでも、甲高く、悲しく、突き刺すような同じ呼び子が聞こえたことを思い出した。奇妙な、ほとんど不吉な悲しみが彼を捕まえた。

〝ああ！　行け！　俺を休ませてくれ、一人にしてくれ！〟心の中で、エヴェリーヌの姿に向かって、彼は思った。〝さっき、俺はとても具合が良かった、俺はとても安らいでいたんだ……〟

妻が入って来た。彼はマリアンヌの方に行き、キスし、その肩に顔を隠し、呟いた。

「俺は眠りたい、マリオン。眠るんだ、眠るんだ」

「でもあなた、もう眠っているでしょ」彼女は彼の頬を撫でながら言った。

26　ル・アーヴルのホテル

数日経った。ある夕方、アントアーヌはエヴェリーヌの手紙を受け取った。開きながら、便箋の上の部分が破かれているのを見た。おそらくホテル名が入ったレターヘッドを隠すために。彼は読んだ。

〝私はあなたが好きになりました。あなたがマリアンヌを望み始めた時に。その時、私はあなたが気に入るようにできたでしょう。それで全ては違っていたかも知れません。でも私はフェアでありたかった。若く、自分自身が分かっていませんでした。あなた、あなたにはもう私を愛したように、私を愛する力がありません。拘束、下劣な嘘、恐れに耐える力も。私はあなたと別れたかった。でも、あなたが望むのはそれではないのね。あなたが望むもの、それは私への欲望から解放されること、そして私、私は全ての欲望から、さらには人生から解放されたい。私はこの世であなたしか愛しませんでした。エヴェリーヌ〟

手紙は全ての個人的書簡同様、彼の事務所に宛てられていた。だがこの夕方、たまたまマリアンヌが彼を迎えに来ていた。彼が読んでいる間、妻が正面に坐っていた。アントアーヌは静かに手紙を折りたたみ、ポケットに入れ、膝の上でじっと両手を組んだ。指が震えた。しばらく黙っていたが、隣の事務室で電話が鳴り、秘書が出て行ったばかりで誰もいなかったので、彼が立ち上がって応対に出た。受話器を取ったが、話す力はありそうになかった――声が出なかった。受話器を机の上に伏せ、手を被せ、しばらく手の平に空しく長いぶんぶん鳴る音を感じ、それからマリアンヌの側に戻った。

だがこの何分かで落ち着きを取り戻し、こう言うことができた。

「まずいな。ジョレが緊急手術を受けるそうだ」彼は出まかせで従業員の名を挙げた。

「彼はシュミットに関する重要書類を保管してる。それをこっちに戻さなきゃならん。俺が行かなきゃならんな」

「なんですって？　こんな時間に？　あなた、待てないの？」

「いや、いや、行かなきゃならん。彼はパリじゃなく、サンスに近い親戚の家に住んでる。今夜はそっちにいる。帰りは明日になるな」

彼女は家まで彼と一緒に行った。

車の中で彼女は何も言わず、こっそり、注意深く彼を見た。彼女は何も気づいていないか？　時折、彼は、彼女が自分の思いから故意にある事実を遠ざけているような気がした。

〝ああ！　好きなように思うがいいさ。今の俺にはどうだっていいことだ〟彼は思った。

家に着くと、彼は下着を少し鞄に投げ込み、そそくさとマリアンヌにキスすると、出発した。パリの外に出て、やっとコートも帽子もないのに気がついた。寒い夜だった。昨夜雨が降っていた。肌を刺すような湿っぽい六月で、秋の終わりの日々のようだった。直ぐにまた雨が降り始めた。窓ガラスを下ろしたままだったので、水滴が彼の頬に落ち、手の甲で無意識に拭った。どんどん速度を速めたが、時間は彼よりなお速かった。だが間に合う！　間に合うぞ！　あいつが死ぬはずがない！　その考えが自分の中で具体性、現実性を持つのが許せなかった。道を見て、ヘッドライトが照らす木を一本一本数え、どういう訳か気の静まる、力強く、ぎくしゃくしたワイパーの動きを数え、呪文のように同じ言葉を繰り返さずにいられなかった。

〝あいつは生きてる。息をしている。俺を待ってる。あいつは生きてる〟

真夜中頃、彼は車を停め、ガソリンを買わねばならなかった。暗くて濛々（もうもう）とした小さな煙草屋に入り、亭主を起こして、アルコールを一杯やり、また車を出した。目の前でヘッドライトが走り、暗がりから、沿道の木々が一本一本、それから次々に、白い家、橋が姿を現した。時々、前進が止まり、もう通った道を絶えず戻っているような気がした。

ル・アーヴルに近づいて、彼は初めてどうやってエヴェリーヌを見つけるか考え始めた。手紙にはル・アーヴルの切手が貼ってあった、だがもしかして、その後そこを去ったのか？

どこで見つかるんだ？　あいつを残してきたホテルか？　他のホテルか？　ミス・トーンの家か？　何故あいつはレターヘッドを破いたのか？　ひょっとして、俺がル・アーヴルに走っている間に、あいつはパリで、一人で死にかけているのでは？

いやそんなことはない、あいつはこの町に残りたがっていた。誰も自分を知らない所で、放っておかれ、誰にも邪魔されず、おそらくずっと前から決めていたことを果たすために。

〝初めて自殺を考えたのはニューヨークだ〟彼は思った。〝人生最後の時を楽しんでいるようだった。なんで俺は分からなかったんだ？　全ての行動の中にある、あの幸福への意志、非情なまでの平静さ、大胆さ、残酷さ……俺がフランスから悪い知らせを受け取った日、子どもの一人が病気になった時、あいつはこう言いながら手紙をくしゃくしゃにした。「何でもないわ。こんなこと考えないで」分からなかった、何にも気づかなかった、俺はそう言う。嘘だ。俺は知ってたんだ。知りながら放っておいたんだ。あの晩、家で、あいつの死を願った時、俺はもっとよくそれを知っていた。願った？　違う、だが心の中で受け容れたじゃないか。死に値するのは俺だ、俺だ、あいつじゃない、絶対この俺なんだ！〟

「ああ、我にご加護を！」彼は呟いた。子どもの頃から、一度も祈ったことがなかった。途上で目に入ったばかりの教会の扉の前で、停まりたいという欲望が閃光のようにかすめた。そう、道を引き返し、その教会の階段に身を沈め、神に哀願する！……だが駄目だ、そんなことはできない、急がなきゃ、急がなきゃいかん！

アントアーヌは鉄道の線路を越え、通り過ぎたとたんに背後で汽車の大音響が聞こえた。しばらくして、彼はル・アーヴルに着いた。

まだ真っ暗な夜だった。一週間前に去ったホテルの前で車を停めた。昼間のコンシェルジュを起こすのを待たなければならなかった。

駄目だ、彼が探した若い女性はもうホテルにいなかった。彼よりほんの数時間後に立ち去っていた。どこにいるのか分からなかった。

彼はグラース海岸のミス・トーンの住所を知っていた。ヘッドライトが照らす、きれいなこじんまりした家と花が咲いた庭が目に入った瞬間、彼は思った。

〝あり得ない……あいつは生きてる。この老婦人、ミス・トーンならあいつを護ってくれる〟

だがまたしても、彼の奥底で、シニカルでやけっぱちな考えが彼に囁きかけた。

〝これが唯一の解決策だった、それでも。もしあいつが生きていたら、俺たちはどうなるんだ？〟

彼は閉じた鉄の門の前で車を停めた。何と静かな！　一瞬、ほとんど思わず、彼は自分の疲れ切った体に夜の静寂を味わわせた。

降りて、扉を押した。植物の蔓が絡んだ扉はゆっくり開いた。狭い庭を横切り、しっかり戸締りしたガラス貼りのベランダの前に着いた。彼はベルを鳴らし、長いこと待った。やっとガラスの向こうに、夜着を着て、灯したランプを手にした小柄な老婦人が恐る恐る姿を現した。彼は自分の名前を名乗り、エヴェリーヌを探していると告げた。婦人はちょっと驚いた声を上げ、ためらったが、やっと扉を開いた。アントアーヌは敷居をまたいだ。

「彼女はここに?」彼は小声で尋ねた。

「いいえ!」

「でもここにいたんですか? お宅に泊まっていたんですか?」

「私の家に? いつのこと? 私、分からないわ」

「一週間前です」

「いえ、いえ、あの子来ていませんよ。私、会ってません。ル・アーヴルを通ったことさえ知らなかったわ」

「あなたに手紙を書きませんでしたか?」

「いいえ、あの子は一度も手紙をくれてないわ。マリアンヌは何度かね。オディールの絵葉書は受け取りましたよ、昨日。でもエヴェリーヌは全然……」

「彼女のことはよくご存知ですよね?」

「エヴェリーヌ? ああ!……自分の子どもみたいに知ってますよ。私がセグレ家に入った時、あの子は産まれたばかりだったの。十五になるまで面倒を見たわね」

「不幸が起きたと思うんですが、トーンさん」アントアーヌは言った。

「あの子が自殺を?」

「彼女が自殺することがあり得ると思いますか?」

老婦人はランプを目の高さまで持ち上げ、アントアーヌの顔を見た。

「もし誰かの自殺があり得るとすれば、それはあの子ね!」

アントアーヌは震える両手を擦(こす)り合わせた。

「ル・アーヴルに戻ります。さようなら」

彼はまた車に乗ると、言葉もなく、発車した。夜のドライヴは段々夢のようになってきた。時折、彼は意識を失い、起こったことを忘れた。また他の時は、非常に冷静にはっきりものを考えた。こうしてル・アーヴルに戻りながら、彼はパリでル・アーヴル出身の代議士、ルネ・アルカンと何度も食事したことを思い出した。警察で自己紹介する時、その名前を利用した。

警察署長はまだ若い男で、腰が低く、直ぐに彼を迎え入れ、元気づけようとし、急いで行方不明者の書類を調べた。エヴェリーヌに関係しそうな自殺も事故もまだ一切記されていなかった。

「ご覧の通り、ムッシュー、あなたのご親戚が亡くなったことを裏付けるものは何もありません。もしお望みでしたら、あなたが街のホテルを訪問できるように誰かおつけできますよ。調査はなるべく目立たぬようにやらねばなりません。その若い女性が見つからなかったら、ル・アーヴルを去っているかも知れません。その場合は他に当ってみますし、パリにも連絡してみましょう。でもそんなに歩き回るのはあなたにはひどくお辛いでしょうね」

彼はアントアーヌのやつれた顔を見ながら言った。

「もし待たれる方が良ければ、捜査員を一人派遣して、彼が何か手掛かりを見つけたら、あなたにお知らせしますが」
だがアントアーヌは断った。動いているという幻想がある限り、落ち着いて見せることも、理詰めに語ることもできたが、黙ってじっとしているのは力に余った。同伴する男が指名され、彼は出発した。

歳月は経つだろう、エヴェリーヌの記憶そのものも薄れるだろう。だが彼は一生、閉じた扉、雨の降る街路、興味ありげで皮肉な顔、無関心な手が台帳をめくる間の陰気な手順、死ぬほど辛い待ち時間を覚えているだろう。何もなし、ずっと何もなし。だが彼はもう希望を持っていなかった。外では六月の緑の木々が雨水を滴らせ、風に身を屈めていた。時折、あまりの不安と疲労で、アントアーヌの思考は麻痺し、彼はこう思っている自分にふと気づいた。〝なんで俺はこんな所にいるんだ？〟

彼らは街の最も大きなホテル、それからもっと質素なホテル、それから港の陰気な宿を訪ねた。車のハンドルを握り、アントアーヌは運転に必要な動作を機械的に果たした。必要な時、ブレーキを踏み、アクセルを踏んだ。隣に坐った男とどうにか言葉さえ交わした。時折口に煙草を運び、火を着けてすぐ投げ捨て、手の甲で濡れた窓ガラスを拭いた。ワイパーが壊れていた。暗がりの中のその素早くリズミカルな動きが懐かしかった。

薄日が昇った。雨は降っていた。一本の道路、一つのホテル。支配人のガラス貼りの小部屋、絨毯を敷いた階段、無関心な面々。彼が足で遠ざけた床に置かれた鞄。そして出て来た宿とほとんど変わらないもう一つの宿が現れた。空しく大股で歩いたばかりの廊下とよく似た廊下を歩いた。塗装した壁の匂いを嗅いだ。どのホテルも同じだった。何もない。戸口の上にランプが灯っていた。彼はそれを眺め、誰であれ、見知らぬ旅行者の一人になり代われたら、と思った。そう、彼ら全員の人生、一人一人の過去、現在、未来の運命がどんなに悲惨だろうと、自分がこの時感じているものよりはましだと思われた。

彼らは港を囲む小道を訪れた。アントアーヌは低い扉、黒ずんだ窓ガラスを見ながら言った。

「いやいや、これはあり得ない。彼女がこんな所には来られるはずが……」

「分かりませんよ」同伴の男が穏やかに言った。「分からんもんですよ、ムッシュー……」

だが何もなかった、ずっと何もなかった。

ある宿で、昨日から病気の女が一人いる、という話を聞いた。二人は知らない女が臥せっている部屋に入って行った。彼女は熱か酔いで赤らんだぼおっとした顔を彼らに向けた。両手が力なく毛布の上に置かれていた。二人は扉をまた閉め、また別の場所に向かった。空があまり暗いので、二人は通りがかりに、一種の磁器の皿がかかったランプを灯した。下級のホテルはどこも同じで、紐の先に皿が吊るされていた。天井から赤いちらちらした光が無関心か、もしくは眠たそうな顔に降りかかっていた。時折、アントアーヌは両手を強く顔に押し当て、この動作が、ほんのしばらく、彼を落ち着かせた。雨の落ちる戸外に出て、彼は思った。

「せめて、雨が止んだら！……」

だが雨は絶え間なく降り、聞くともなしに始まった雨音は、今彼の意識を捕え、彼の気をおかしくさせた。雨が車の屋根、窓ガラスを叩いた。車輪の下で水が撥ねた。

とうとう、彼らがル・アーヴル中のホテルを全て訪ねた時、巡査が言った。

「市の近郊に若者が二年前に二人自殺した宿があるんです。まあ、たまたま、引き寄せる宿があるもんで……」彼は最後まで言わず、手の仕草で自分の考えを示そうとした。

彼らは何時間か前、アントアーヌが一人で過ごしたグラース海岸の方にまた出発した。巡査は腕組みして、黙っていた。彼は正直で人好きのする逞しい顔をしていた。アントアーヌはその手にいくらか金をそっと渡し、彼はぎこちなくそれを受け取った。アントアーヌはこの男の存在が煩わしいどころか、一つの救いと思えるような、人間の励まし、連帯の必要を感じていた。彼らはやっと庭に囲まれた宿の前で車を停めた。

「車の中にいてください」巡査は言った。「あなたは死ぬほどお疲れだ。私の方から迎えに来ますよ、必要とあらば」

アントアーヌは待った。そこから数歩で河口だった。車を道路の端に走らせ、更に少し進め、車もろとも粉々になって、水に沈み、思い出、愛、悔恨を永遠に消し去る……

〝だが、そんなことはできない〟彼は絶望を込めて思った。〝マリアンヌ……子どもたち……俺はあいつ等を養わなきゃならん、家族という恐ろしい重荷を抱え、路頭に迷わせるわけにいかん。結局、愛、不倫、そいつはこの生の事実と何の関係もないんだ〟

時間が経った。

〝ああ！　あいつはここにいる……あいつは死んだんだ〟彼は思った。

巡査が再び姿を現したのはその時だった。彼は車のドアを開け、ためらいがちに言った。

「若い女性はここです、ムッシュー……ですが……」

「死んだんですか?」アントアーヌは呟いた。

「残念ながら! ムッシュー、昨夜自殺されました。ヴェロナール(訳注:睡眠薬の一種)で。何日かここにいらして。昨日、お構いなく、夕食は摂りませんと言われたそうです。彼らは何も気づいていませんでしたが、私が扉を開けさせました、それで……」

「死んでいた?」アントアーヌは繰り返した。

「そうです、ムッシュー」

「彼女を見られますか?」彼は口ごもった。口が震え、崩れた音節しか通さない気がした。

アントアーヌが入った部屋はこぎれいで、壁はピンクのクレトン(訳注:模様のついた平織りの綿布)貼りで、銅の狭いベッドが窓辺に押しやられていた。エヴェリーヌはそのベッドに横たわっていた。最初、顔は枕に隠れ、彼にはほつれた髪の毛しか見えなかった。彼はそれを手に取り、持ち上げた。それは一瞬彼が馬鹿げた希望を抱いたほど暖かく、柔らかく、生き生きしていた。だが肌はもう冷たかった。彼はエヴェリーヌの顔を自分に向け、不信と恐怖の思いで見つめた。それから後ろに向け直したまま、手を目に当てて逃げ去った。

27 真正の閃き

アントアーヌは、パリに戻り、ル・アーヴルの警察署長から電話をもらったマリアンヌから告げられた。蒼白になり、動揺したアントアーヌに誰も驚かなかった。（義妹と彼は友愛、兄妹の友情めかしたものを大いに誇示してきた。それで二人はしょっちゅう会ったり、マリアンヌ抜きで一緒に外出できた）

オディールの夫とともに、アントアーヌは喪に服して再びル・アーヴルに出向き、愛人の亡骸（なきがら）をパリに運んだ。セグレ家の家族は真相に疑いを持った――人は誰しも決して完全に無知ではない。なるほど、明かしたいと望むことは、半端に知られ、誤解される、他人に残したい自身のイメージは、歪（ゆが）められる、ところが秘密にしておこうとすることは見抜かれてしまう。おそらく、人生のある面を隠そうとする気遣いそのものが、手探り、直観の閃き、情報の突き合わせによって、すぐ消える光線が横切る深海のように部分的で、曖昧だが、まだ目に見える真実の発見に取りかからせる。ここでも同じように、アントアーヌとエヴェリーヌの関係には、二人にはこれ見よがしの機会が役立っても、傍目には、誰もが一致して顔を背ける怪しい領域が残っていた。

翌週の初めにエヴェリーヌは埋葬された。六月の最後の日だった。アントアーヌは、後々、棺の背後の足音、ゆっくり進み、開かれた墓の前で立ち止まる足踏み、そして静寂の中の、澄んで刺すような鳥のさえずりばかり思い出すに違いない。彼は隣で泣いているマリアンヌの腕を支えた。初めは彼女を支え、墓石の間に彼女を導いた。突然、彼は手を下ろし、一人で何歩か前に進んだ。彼女はその時彼に追いつき、そっと名前を呼んだ。アントアーヌの顔は平静だった。だが平静さそのものが異様だった。自分を取り巻くものへの意識を失ってしまったように見えた。彼女は自分に着いて来るように何度もその腕に触れなければならなかった。それでもその日の残り、彼は普段通り冷静だった。

葬儀から一週経ったある晩、とてもぐっすり眠っていたマリアンヌは子どもの泣き声で目を覚ました。アントアーヌは眠っていた。彼女は起き上がり、彼を起こさないように部屋を横切り、子ども部屋に入った。フランソアの泣き声だと分かっていた。

この子は夜通し、飽かずに泣き叫ぶことができた。健康状態は良くなり、丈夫で、よく食べた。医者たちは他の子と同じように逞しくなると請け合っていた。だがこの癇癪（かんしゃく）はぎょっとさせた。この子の世話をした女中は自分に言わせれば〝意地悪〟なだけで、揺り籠から出して、腕に抱いてもらいたいんです、と言ったが、マリアンヌは心中、憐れみと不安を抑えられなかった。この子は苦しんでいるようには見えなかった。だが、自分に押しつけられた人生を、怒りと嫌悪を込めてはねつけるように見えた。世界の全て、眠り、栄養、愛撫に対して否定、拒否、ほとんど憎しみの調子しか見つからず、それから貪るように母が差し出した胸に飛び込み、そこに身を沈め、溶け込み、噛みつきたがるように見えた。あるいは口を半分開け、頬に涙を流しながら、眠りの中に沈んでいった。

マリアンヌは、この晩もまた、苦心してその子を静め、その子が眠った時は、興奮し、疲れ過ぎて、もうベッドに戻る気にならなかった。揺り籠の傍らの低い椅子に坐り、腕を小さなベッドの縁にもたせかけ、頭を手で抱えて、長い間じっとしていた。暗がりと静寂の中にいると、昼間の喧騒のせいで心の奥で起き上がらず、意識の領域に達しなかったが、濁って、重く、形をなさずに澱（よど）んでいたある思いが生じる時がある。この時、彼女はそれを認め、受け入れた。彼女には正面からそれを見つめ、その名を呼ぶ勇気があった。エヴェリーヌと自分自身について考えた。エヴェリーヌの生と死が羨ましかった。短くても、一つの人生に栄養を与え、最後にはそれを焼き尽くすに充分な熱い恋、それは羨ましい運命だった。

〝それであの子の恋は幸福だった〟マリアンヌは思った――〝あの子の顔は失意の娘の顔じゃなく、勝利した女の顔だった。幸せですっかり満たされた女。あの子は多分、ある日恋人に捨てられて、あるいは恋人と別れなければならなくて死んだ。でもその前、あの子は幸せだったのよ。それこそが肝心だわ。生きていたらあの子はどうしたでしょ？　ソランジュみたいに？　年より老けて、悲しくって、刺々しくて、病気で、それとも、私みたいに完璧な妻に？　私、幸福かしら、この私は？　それでも、私には望んだものがある。アントアーヌがあった。だけど、もう彼を愛していない……いえそれじゃあ、あんまり乱暴だし……身も蓋も無いわね……私、彼を愛してる、いい連れ合いだし、彼が死んだら私はとても悲しむでしょ。でも彼はもう私に何の力も持っていない……苦しめる力も、幸福をくれる力も。彼がいない時、私、悲しくなかった。帰って来て一瞬嬉しかったけど、ほんの一瞬。彼がいると安らぐけど……でも、もう彼に興味も欲望も持っていない……彼を理解し、知ろうとしてどれだけ泣いて、眠れない夜を過ごしたかしら！　今、私、彼を知ってるって言えるかしら？　残念ながら！　知らないわ、以前ほども。彼は私には分からないままだし、時には敵みたい……でも、私、彼が私に黙っていたいことを見つけるようなまねはしないわ。もう彼に興味がないの。こんな興味の無さ、こんな消極性が私の中で苦しみの源も、幸福の源も消してしまったのね。私、生きてる、そして私、エヴェリーヌの亡霊よりも冷えてる……アントアーヌの傍らで、彼の腕の中で、いくらかでも熱をまた見つけるには、絶えず過去を思って、彼を見つけ直し、作り直す必要があるけど……昔の涙の味と一緒に……〟彼女は思った。〝もしかしたら、私がこんなに長い間信じていたのとは逆に、私たち、お互いに運命づけられていなかったんじゃないかしら？　そして今、心ならずも私たちを繋ぎ留める関係が、これからもずうっと私たちを繋ぎ留めるなんて！　若い時、人はどんなに愛し急ぐかしら！　どんなに待つことを恐れるかしら！　どんなに、これこれの方向に人生を変える選択を急いてしまうかしら！　人は私たちにはどうにもならないこの不運な部分を非難するけど、反対に、それは素直で柔順過ぎるから。あまりにもやすやすと、私たちの欲望の形でなくても、少なくともそのカリカチュアを作ってしまうんだわ……〟

彼女はため息をつき、眠っている子どもたちを見た。息が詰まるような暑さだった。彼女は窓の扉を更に広げ、隣室のドアを開いた。そこでは女中がベッドに就いたばかりで、太った体の重みで金属をきしませていた。

マリアンヌは自分の部屋に戻って、横になった。だが眠れなかった。心臓が鈍く鼓動した。暗がりの中で、アントアーヌの奇妙な、擦れて苦しそうな息が聞こえた。長い間、彼女はベッドの中で寝返りをうった。枕の位置を変え、皺をつけ、押しやった。喉が渇いていた。ランプを点け、ナイトテーブルの水差しを取り、グラスに注いで飲んだ。だが水は生温く、まずかった。だめだわ、眠ろうとしても無駄、もう今夜は寝ないでおきましょ。

彼女は本を取ろうとした。テーブル上の物に当ってアントアーヌを起こさないように用心して手を延ばしたが、うっかり、小さなランプの傘を落としてしまい、傘が床に転がった。彼女はアントアーヌを見た。目を覚ましていなかった。なんて昏々と眠るのかしら！　しばらく前から、彼は頭を枕に置いたとたんに眠った。そしてなんと重苦しく、手強い眠り！　朝、時折、使用人は彼がやっと目を開くまで、何度も何度も彼に呼びかけねばならなかった。眠っている彼は頭と肩に毛布を掛けていた。マリアンヌがそっとそれを整えていると、アントアーヌの傍らのテーブルの上に、何度も絞り出された睡眠剤のチューブが目に入った。彼は一度として不眠を訴えたことがなかったのに！　彼女はランプの光をそっと彼の方に向け、改めて彼を見た。それまでずっと暗がりの中にあった彼の顔が光の中に現れた。彼は泣いていた。それは瞬間、彼女が自分の感覚の確かさを疑ったほど異様だった。彼女の夫、あんなに冷たく、無感動で、無関心で、見たところ落ち着き払ってほとんどそっけないこの男が、眠りに武装を解かれ、弱さ、子どもの無邪気さに返り、やつれ、涙の筋のついた顔を彼女の目にさらしていた。彼女は彼が泣くのを一度も見たことがなかった。彼女は思った。

〝この人、夢を見てる〟

彼女は彼を起こし、悪夢から引き出そうとした。身を屈め、その頬にそっと唇で触れた。彼はびくっとし、半分目を開き、彼女を見て、とても小さな声で言った。

「ああ！　君か……」

彼は苦しそうに唇を動かした。まるでまだ眠っていて、夢の底から話すように。それにしてもなんとがっかりして疲れた口調！……こう言っているようだった。

「君か、なんだ君か……」

彼は瞼に手を当て、直ぐにまた眠った。

マリアンヌが思ったのはその時だった。

〝エヴェリーヌが自殺したのは彼のせいだわ〟

一人の人間の移ろう秘密を、労せずにはっきりと見てしまう、ということが時折生じる。じっくり考えるのではない。あるいは推し測るのでも、また疑うのでもない。見て、知る。後に、真相を知った時、それはあなたを苦しみで貫く、だが驚きは何もあるまい。同じように、まだ若く、元気いっぱいに見える男の顔に死を見てしまうことがある。人は〝なんと馬鹿な！〟と言って、もうそれを思ってもみない。だがその死が不意に起こった時、思い出すのだ。あなたより年老いて賢明な誰かが、あなたの中で生き、（そしておそらくあなたが死んでも死なず）あなたが見るはずのないものを見た瞬間を。

彼女は怖くなった。この真正の閃き、修復不可能な真実をここまでまざまざと分かってしまったことを打ち消したかった。彼女は思った。

〝私、狂ってる。なんでそんなことを想像するの？　何の理由もないわ。なんで？〟

だが彼女はこらえきれず頭を振った。一たび真実を見てしまった以上、もうそれを否定し、目を逸らすことはできなかった。それはもう彼女の支配を離れ、目をつぶって忘れるのは不可能だった。

彼は身動きした。彼女はしっかり手を延ばし、灯ったランプの光を遮（さえぎ）った。

彼の眠りを守り、偽りを保護する。何も言わない。何も聞かない。忘れる。

〝あの子はもう死んでしまった。全ては終わったんだわ。私の一言は、最も恐ろしい幽霊に肉体を与えられる。一方、黙っていれば、二回目の埋葬に……私、黙っていたい。私、嫉妬してない。嫉妬したけど、彼女は思った――ニコルみたいな女には、アントアーヌの人生を横切るだけで、彼の記憶にも心にも痕跡を残さずに消えた女たちには。でもエヴェリーヌに、私、嫉妬できない。死人に、亡霊に嫉妬できない。でも、私が感じている、この疲れ、この苦い哀れみ、この忘却への欲望、それはもっとひどいわ〟

彼女はランプを消した。夜の中で、彼女は気兼ねなく涙を流した。

28　結婚の宿命的不幸

夏が半分流れ去った。だがアントアーヌは色々な口実の下に、パリを離れることを拒んでいた。結局マリアンヌは彼を一人残し、子どもたちと、砂と松の木の中にある未開の美しい地方、ランド（訳注：大西洋に面したフランス南西部の地方）に行くことにした。

アントアーヌは事務所に行く以外自分の家から出なかった。日々の決まりきった仕事の中に、ある種の平安を見出していた。顧客を迎える、手紙を書き取らせる、バランスシートを確かめる、そんな機械的な仕事が彼の精神を麻痺させた。人生の痛切な孤独、子どもたちもマリアンヌもいない家の静寂は、結局、彼をある程度落ち着かせた。生活が厳格で、こまごまと規則づけられている時、それが内面生活にリズムを作り、耐えられるようにすることがある。

十月の初めに、マリアンヌが帰りたいと書いて来た時、アントアーヌは滞在を長引かせることばかり考えた。

〝俺は人嫌いになってる〟彼は思った。〝人間の顔には一切耐えられん〟

彼は孤独に引きこもった。瞬間ごとに入念に練られた時間の使い途（みち）の奴隷となり、どんどん大きな責任と仕事を自身で抱え込んだ。マリアンヌの帰りを遅らせるために、次々に口実をこしらえた。新しく子ども部屋を塗り替えてニスの臭いがまだ残ってる、マルタンが十五日の休暇を申し出た。そうしてやっと一月の延期を手に入れた。それからマリアンヌと子どもたちが戻った。

　これまでマリアンヌとアントアーヌは結婚の宿命的な不幸を知らずにいた。平穏の最中に、夏空の嵐のように、唐突に勃発する理由も原因もない喧嘩は、最初は珍しく恥ずかしいが、遂には夫婦の時間と心を占領し、陰気な楽しみさえもたらす。およそ人間の愛情があり続けるためには、情熱が供給されなければならない。情熱が消えてしまえば、それは憎しみの言葉、敵意のこもった行動、夫婦の心の中にまだ活動、熱、炎としてある全てに糧（かて）を求める。

　眠る前の慈悲深い時だけが、喧嘩を止めにやって来た。ともに寝た長い習慣で、二人は互いに身を寄せ、妻は脇腹を窪ませ、夫はもう多くの晩安らぎを見つけた、裸の胸の側の、暖かい場所を探し、夫婦は息を混ぜ合わせ、静まり、束の間繋がれる。それぞれが自分の夢へと運ばれ、より確実に、より容赦なく、別れる前に。

　その冬、二人は同じように、外出したり人を迎えることを再開した。喪の期間は過ぎた。二人の生活の一つ一つの出来事が、一見最も取るに足りないことでさえ、充分に喧嘩の引き金になった。当初内にこもっていた喧嘩は、日に日に激しくなっていった。マリアンヌの苛立ちと不機嫌はどんどん増していった。アントアーヌはめったにかっとならなかったが、その皮肉な言葉、冷たく不機嫌な口調は、大声以上に、マリアンヌをいらいらさせた。時折、夫の足音を聞き、唇のある動き、ある引き攣った表情、ある目つきを見て、彼女はほとんど病的な、恐ろしい怒りを感じた。ある晩、彼女は服を着ていた。その時アントアーヌが入ってきて、彼女が手にしたドレスに目をやった。

「それ知らんな」彼は努めて冷静な話しぶりで言った。「また白いドレスか？」

「ええ、なんで？　気に入らないの？」彼女は尋ねた。

「私が白を着るのが好きじゃないんでしょ？　でもこれきれいじゃない……」

「白は君に似合わんよ」

マリアンヌは思った。

〝ぞっとするのは、私たちが交わす言葉が意味を持たないのは、一番粗雑な上辺（うわべ）だけ、ってこと。本当は、それには重い意味があって、二人が分かち合えない、二人の息を詰まらせる思い出と感情がこもっているんだわ。彼みたいに、私だってエヴェリーヌの白いドレスが目に浮かぶわ。きれいな顔、今は地下にある体、あの子の肩、裸の背中の輝きだって。でも私たち、他に何が言えるの？　ああ！こんなふうに答えてやる方がましだわ――〟あなたは何にも分かってない。私をほっといて！〝手にしてるこの爪磨きを床にぶつけて、扉ががちゃんと鳴る音を聞く方がまし。彼が苦しんで、そうして彼に命を与えて、手に負えなくしてしまう悪をその名前で呼ぶくらいなら……〟

以前は、決して声を上げなかった彼女がいきなり叫んだ――

「ほっといてよ、ほんとに！　あなたにはうんざり！」

彼女はわっと泣き咽び、喧嘩はこんなふうに続いた。盲目的な執念深さで、忘れていた不満を蘇（よみがえ）らせ、同じ言葉を何度も繰り返し、同じところに襲いかかり、とうとう疲れ果て、息を切らせ、釈放された二人を残して。

29　確立された生活

春が戻った。その暖かさ、輝き、空気の中で吸い込む幸福への期待は、アントアーヌの絶望をなおさらかき立てた。彼はあり得たことを思って、悔恨に苛まれた。夜ごと、夢の中で生きているエヴェリーヌと再会した。夢が近づくのが恐ろしく、眠りを拒み、夜の最後の時間まで、本を読むか事務所から持ち帰った仕事をしながら目を覚ましていた。時には、床にも就かなかった。上着を脱ぎシャツの襟を外しただけで、自分の肘掛け椅子に坐ったままでいた。そのうちうとうとすると、すぐに、同じ姿が現れた。彼女は死んでいなかった。長い旅から帰って来た。蒼ざめ、疲れ、弱々しく、目鼻立ちはほとんど消えていたが、それでも夢の中の最愛の死者のそれと分かった。いつも黒衣で、不安そうで、急いでいた。誰かが彼女を待ち、呼んでいた。愛撫に身を任せたが、歓びはなく、顔を背けた。彼は手の中に生きている彼女の髪の温もりを感じた。彼女の顔を持ち上げ、自分に押しつけようとしたが、突然、彼女が死んでいることを思い出した。だがまだ確信はなかった――記憶と夢が彼の中で戦った。心臓が激しく鼓動し始めた。その名を呼んだが、彼女はもう答えなかった。彼女を抱きすくめたが、苦悶のあまり目が覚めた。書類とまだ燃えているランプの前に、凍りつき、絶望し、ぽつんと坐っている自分がいた。

彼はいつも見たところ平静で冷ややかで、自分を抑え、言葉は慎重だった。今は、自分に住み着いた一種の狂気が見えてしまうのを恐れ、努めてより冷静に、より一層落ち着いていようとした。奇妙な、予測のつかない作用、反作用が我々の性格を作り、運命を支配する。彼の職業生活はこの密かな感情生活によってずっと容易くなった。自殺と狂気に最も近づいた瞬間、彼は人に敬意を促す、しっかりして、落ち着いて、厳格な印象を与えた。家で、子どもたちは彼を怖がった。彼は子どもたちを愛したが、遊ぶ物音はうるさく、笑い声は疲れ、騒ぐのは不快だった。彼がいると喧嘩、わがままが止んだ。

その夏、早々に、カルモンテル一家はブルターニュに発った。そこに別荘を借りていた。着いた途端、ジゼルとフランソアが百日咳に罹った。建物は小さく、部屋はごく軽い間仕切りで仕切られているだけで、子どもたちの咳や泣き声のためにマリアンヌもアントアーヌも一晩も息をつけなかった。パリであんなに光り輝いていた気候は七月半ばに悪くなり、絶え間なく雨が降った。夜、子どもたちの咳の発作がどうにか静まると、マリアンヌは、鎧戸を叩きに来るにわか雨と砂粒を含んだ突風の音に耳をすまし、懸命に聞き取ろうと身構えた。雨は屋根、庭、海に襲いかかった。マリアンヌは夜が近づくと人間を捕まえる、暗く不条理な不安に身を任せた。それは心の領域より疲れて不安な体の領域のものと思われた。子どもたちがかかった病気を全部思い出した。可能性のあるあらゆる併発症を心配した。彼女は季節を呪った。

〝それにしても、私、どんなにぐっすり眠ったかしら。たった五年前なのに、こんな夜〟彼女は思った。〝そういうのがなんて好きだったかしら……ああ！　あの頃は世界の何もかもが簡単で、軽やかで、どうでもよかった！……風が吹いて、あなたをあっちこっちに連れて行った、それでどこでだって、結局、生きるのに順応したわ。今、人生は作られ、形ができ、果たされて、可能なのはたった一つ、それを病気、不幸、死から護らなきゃならないのね！　でもどうして死を思うのかしら？　どうして絶えず怯えるのかしら？　どうして？〟

〝ああ！　雨がしばらく止んでほしい！　風が止んでほしい！　お恵みを……私、眠りたい……またあの子たち咳をしてるわ〟彼女は思った。自分自身の胸に辛い咳の発作を感じながら。

それから子供たちはそれぞれ安らかにまた眠ったが、母は思い切って息ができなかった。彼女は全身、不安、期待、恐怖だった。

〝一人、泣いてる。フランソアね……いっつもフランソア。あの子が一番弱くて、一番心配で、一番可愛い……二十歳過ぎると、人はどれだけ傷つきやすくなるかしら！　至る所からいっぱい傷をいただいて。昔はそんなじゃなかった。私、両親がとても好きだった。姉たちや妹が大好きだった。でも私の人生はあの人たちと違っていた。あの人たちの外にあった。だけど私の側で寝ているこの男、もう一人の女を夢に見て、もう一人の女のために泣いてる、彼を失くすのは耐えられないとは思うけど。だけど私、彼を愛していない。いる必要はあるけど、もう私に歓びをくれない。息するみたいなもの、そうしなきゃ生きられないけど、もう幸せは与えてくれないわ。ああ！　アントアーヌも私も、二人とも幸せじゃない！　夫婦はそれぞれ、自分たちの目に、他人の目に、貞節、理解、結びつきの伝説を作ろうとするのね。アントアーヌと私だって！　一つの伝説、一つの嘘を！　私たちめったに理解し合わない。結びつきは終わってるわ。決してお互いを知ることもないでしょ。自分の道から同情とか心配、そんな気遣いを一切遠ざける盲目的な力をまた見つけたい、また昔みたいに乱暴に、大胆に、つまり、自由になりたいって望む瞬間があるわ！　だって私、もう自由じゃないもの。自分に足枷をはめて、自分を閉じ込めてしまったんだわ！〟

明け方、彼女は眠りに就いた。そして夢の中で、過去のエピソードを探して見つけた——セーヌ河畔の宿でアントアーヌと一緒にいた復活祭の夜、小公園の雨の日々。だが彼女には夢の中に映し出された彼女自身の分身は、ある時はかつてのマリアンヌ、ある時はエヴェリーヌの衰弱した姿のように思われた。ようやく、やっとのことで、そのとりとめのない夢は消えた。

30　愛の形

ドミニクがカルモンテルの家に呼ばれたことは滅多になかった。彼の人生はアントアーヌの人生と違っていた。二人には思い出しか共有するものがなかった——これほど早く劣化するものはない。それでも、毎年、秋の初めにアントアーヌとマリアンヌがパリに戻ると、彼は律儀(りちぎ)に彼らに電話して近況を聞き、会う約束をした。数週間後、彼は夕食に招かれた。それから時折やって来て、冬の残りは姿を消した。

ある日、彼はサンルイ島の中を通り、昔の住いをまた見てみたくなった。ともあれカルモンテルの家に上った。マリアンヌが一人でいた。彼女は小さなスツールを暖炉の側に出し、頬を手に押し当て、炎のごく近くに坐っていた。〝彼女、醜くなったな〟と彼は思った。黒いドレスを着た彼女は、話しながら手首にはめた金の輪を何気なく撫でた。

二人が他人のいないところで一緒にいたことは一度もなかった。それぞれが相手の人生、過去のある部分を知り、その一番秘密で一番肝心な部分には、当人と同じくらい馴染みがあった。二人はお互い、隣人として未知で理解できなかったり、闇に包まれ、興味も呼ばないほど不可解な存在ではなかった。特別な情熱か興味に駆られない限り、誰も本当に他人の内面生活を理解しようとはしない。それが不可能なことが分かり切っているからだ。だが、誰も知らない過去をあなた一人が知り、一方、現在が謎のままであれば、それは古代地図のような半分は既知、半分はまだ秘密の存在を作る。そこでは白地の土地が旅人の好奇心を刺激するのだ。

二人は最初最もありきたりで、遠慮がちな言葉しか交わさなかった。肉体的にはそれぞれ変わった相手を見ていた。マリアンヌが最後に言った。

「おかしいわ。私が知ってた顔がもう見つからないの。今、前にいる顔には面喰っちゃう」

彼は同じ冗談口調では応じずに言った。

「髪型を変えたな。君にはもの凄くくっきりしたイメージを持ってたんだが。今はそれとは違うなあ。この家だってもう同じじゃない、アントアーヌもだ。君が周囲を丸ごと変えたんだ。石をすり減らす水みたいに、何者も抗えない恐ろしくも静かな女の一念でな。そうして世界を変えておいて、君はそこに適応するんだ。君にしてみりゃしてやったりだ。君は賢いマリアンヌ、ご立派なマリアンヌになった。そんなところだな。幸せなマリアンヌ！……君は幸せか？　マリアンヌ」彼は唐突に尋ねた。

「夫婦の愛が愛に似てないくらい、夫婦の幸せは単に幸せに似てないわ」

マリアンヌは言った。

「なんで?」

「つまらないと思うわ……まんまとしてやられた不幸の積み重ねよ」

「そんなことは言わんでくれ。僕は結婚を考えてる。そうだ、自分に必要なものがやっと分かったんだ。柔順で、慎ましく、主人がいればほとんど声を上げない女」彼はふっと笑って言った。

「簡単に見つかるかしら?」

「実は、もう見つかってる。イギリスで知り合った娘でね。貧しいが、きれいだよ。フランス娘で、ルシール・ブリュンって言う名前だ。彼女はいくつかの点で、若かったソランジュに似てる……」

「ソランジュとまた会ったの?」

「ああ……可哀想な女だ……すぐそれが分かった。酷い出産で……子どもは死んで、彼女は一生病人のままって聞いたが……」

「それは本当。最大限注意すればおそらく何年か生き延びるでしょうけど、でも彼女、決して治らないわ」

二人は黙りこんだ。

彼女は顔を背け、手首にはめた金のブレスレットをいじった。

「君は琥珀の首飾りを着けて、赤いドレスを着てたな」彼が突然言った。

「いつ？　何の話？」

「復活祭の夜さ。セーヌ沿いの小さなレストランで。あれ、まだあるかなあ？　どんなにあそこに戻りたいか！」

二人の言葉は淡々として、ありきたりで、慎重だった。眼差しだけが真剣そのもので問い合い、答え合っていた。

「俺は一人さ。ずっと一人だった」ドミニクは言った。「お前にたくさん幸せをあげられるぜ」

〝私〟マリアンヌは思った。〝私、もう自分の人生に満足してない。もしかしてずっと満足してなかったのかしら？　もしかしてエヴェリーヌの死でやっと気づいたのかしら？　あなたが私に差し出せるもの、友情それとも愛、それとも一瞬の快楽、私、それを受け容れるかもしれない、受け取るかもしれない、将来どんな不幸になろうと、私の人生に、なくなってしまった渋くて強烈な味をもう一度与えるために〟

二人は互いに目を上げ、無言で、理解し合ったと感じた。

寒くて薄暗い日だった。ブラインドは閉じていなかった。家々の窓にどんよりした弱々しい陽が射した。ドミニクはある種の影と光の戯れに極度に敏感だった。それは現在、芸術ではほとんど得られなくなった詩的な戦慄を彼に与えた。おそらく書物、音楽、絵画に淫するあまり、彼は愛好家より審判者としてそれらに近づいた。

「子どもの頃」彼はようやく言った。「学校であんまりつまらないと思った時、授業を離れて、廊下まで行ったんだ。そこに小さな窓が開いてた。その時間、下の薄暗い校庭にガス灯が灯ってた。僕はできるだけ長い間、その緑の小さな光をじっと眺めた。それがどんな安らぎを注いでくれたか、言い表しようもないな。廊下はインク、埃、チョークの匂いがした。今でもその匂いがするよ。それ以来、優しくて不思議なそんな感覚をくれるもんは何もなかったなあ。だけどそういうのは全て言葉じゃ伝えられん。例えば、君のブレスレットの音はなんで僕にメランコリックな歓びをくれるんだろう？　まるで姿を消してしまった大切な人の思い出をまた見つけたみたいだ。なんでだ？……君と再会して以来、僕が何を考えていたか分かるか？……何か月か前だったよな？……いつかそれを君に言う勇気が持てるか分からなかったが……僕はあり得たことを思ってるんだ。君は青春の最中に感じる愛がどんなにとりとめなく広がるか知ってるよな。そいつはさまよったあげく、行き当たりばったりに落ち着くんだ。僕はソランジュを愛した、そして君はアントアーヌを。だけど、僕らが愛し合うことだってきっとあり得たはずさ。君は幸せ？」彼はもう一度言った。

「本心から？　いいえ」

「他の男……僕とだったら……もっと幸せになれたと思う？」

「分からないわ。もしかしたら……そんなこと考えたこともない……それは幸福の問題じゃないわ」

「そうだな、多分……だけどこうは思わないか？　僕らは神々が踏み込ませたい本当の道の前を知らずに素通りしちゃうと」

「じゃあ神々はどうしてそうさせてくださらなかったの？」彼女は努めて微笑んで言った。

「どうして分かる？　僕らの欲望はもしかしたら神々の意志より強いのかも知れないな……僕らにとって不幸なことに。結局、僕のことを言うなら、僕の人生は空しい後悔の中で流れてる。君は全人生が必然的に失敗を招くと思うか？　そいつは悲しくて、潤いのない考えさ。君は諦められる？　そうするの？　君は夫に忠実か？」彼はいきなり尋ねた。

「絶対に忠実よ」

「心の中でも？」

「心の中で絶対に忠実な人なんていないわ」

「そう思う？　僕にはそれこそが物凄く重要と思えるんだが。何よりそれがね。僕は欲しがり屋さ、それで人生が難しくなるのは分かってる。他人にも、自分自身にも、決して満足しない。愛の真っ只中にある絶対の忠実、理解、完璧な友情、僕はそれしか愛だと思わない。それ以外は想像もしない。それしか受け容れないよ。僕はずっとそれを考えてきた。僕にとって解決は三つしかない――今言った、例外的な存在との出会いを前提とするもの、それとも仕事に戻る前にバーで一杯やるように行きずりの女しか持たないこと、あるいは自分の身分は主人のベッドに入ることを許された女中だと認める娘との結婚さ。だが第一の解決、君はそれが不可能と思うか？」

二人は恐れに近い感情を込めて見つめ合った。突然、暖炉の両側に坐って、こんなふうに二人きりになった瞬間から、歳月が経ったような気がした。炎は消えていた。赤い熾火が部屋を照らしていた。アパルトマンの中に物音はなかった。子どもたちはカルモンテル夫人の家に行っていた。マルタンは調理室に戻り、扉は全て閉まっていた。普段と違う静けさが突然マリアンヌを驚かせた。彼女はゆっくりと顔に手を当てた。

「何時？　遅くなった？」

「いや。だが君にも、僕にも凄く長い時間が流れたようだ……君と話し始めた時は、どこまで行くか分からなかったが……間違えるな、マリアンヌ。これは僕らにとって極度に重大だぜ。ほとんど思いがけず、僕らにはもう消せない何かが生まれたんだ。僕らはお互いのために存在してる、無関心でしかなかった僕らだけど。僕らが世界の他のことに無関心になる日が来るかも知れんぞ」

しばらく後、アパルトマンの中で電話が鳴った。二人は言葉もなく別れた。

31　合流した二本の河

これまで支援を受けて来た古く堅固な製紙会社、ヴェラエールとルイ・カレの倒産はルナールとカルモンテルの事業をほとんど破滅に引きずり込んだ。ルナールとカルモンテルはこの会社にかなり高額の掛売をしており、その負債は既にルナールの軽率さから一度ならず危機に瀕した若い会社のバランスを破壊するのに十分だった。

ルナールの個人資産はそれでも莫大で、被害の大きさを知った時、この男は怖気(おじけ)づき、自分の株を処分することしか考えなかった。事業の買収希望者は、遅かれ早かれアントアーヌを追い出すはずだった。彼らはセヴェンヌ地方で強固でまとまった大きな同族企業を築き、あらゆる重要ポストに親族か近親者だけを就けていた。

アントアーヌは何としても自分の地位を守ろうとした。とうの昔にルナールをあてにするのは止めていた。必要に応じて支援したが、彼の虚栄心や軽々しさが心配だった。彼に株の買い取りを申し出、資金を調達でき、直ぐに一人で社主になった。だが会社は破産寸前だった。彼はその時やっと、自分にとって会社が何を意味するかを理解した。どれほど自分がそれに執着しているか分かって、彼は腹立ちまぎれの恥ずかしさと戸惑いを感じた。時折、自分の過去のある頃を思い出して驚いた。自分のものだったあの無頓着、激しく愛した自由、自分の目に自身そのものと見えた全ては、ゆっくりと、知らぬ間に、確実に変わり、同じ顔立ち、同じ戸籍、そして違う魂を持つ存在を作っていた。彼は自分を侮蔑したくなった。製紙用パルプの輸出入の小商(こあきな)いに大層な価値を与え、敬意、感謝、愛情を込めてそれを見るまでになったことを恥じた。

彼はジェローム伯父さんの厭(いと)わしい記憶を思い出した。この人は結局自分の生命を工場の生命に置き換え、視界を工場の煙突に限り、働き過ぎて死に、相続人の手に渡った工場はほとんどたちまち水泡に帰した。この人もまた、おそらく、アントアーヌが感じた不安で恋々とした、ほとんど恋のような思いを知っていた。

アントアーヌの唯一の慰めは、エヴェリーヌが死んで以来、事務所、そこで過す重くも短い時間、商談、数字、書類、バランスシートが与えてくれる安定して真剣な印象だった。それは手ごたえのある現実のようであり、見掛け倒しの急流の中の岩のようだった。

事務所の外で、彼は死に瀕していた。夜、夕食の後で、直ぐ床に就き、眠る、というより、睡眠薬の力で黒い眠りに無理やり沈みこんだ。エヴェリーヌの最後を知った夜以来彼から去らない死への願望は、時折あまりにも激烈になり、彼は水の畔に一人でいるのが恐ろしく、手にした武器に気づかぬように、狩猟に行くのを止めた。やはり時折、冬の薄暗く凍てついた黄昏時、彼は手管を使ってマリアンヌを事務所に迎えに来させ、一緒に帰った。彼が感じていることに、最も漠たる疑いさえ持つ者はいなかった。彼はそれを隠し、否定した。だが日増しにその欲望に屈していった。男は唐突には死なない。事故か病気が彼を連れ去る何年も前に、心の中で死に同意し、感謝し、受け容れる必要がある。肉体より先に魂が死に、それをこの世にまだ繋いでいるしがらみを一つ一つ全て解き、中を空っぽに、静寂にしなければならない。

アントアーヌは男が自分に興味を持つことを止めてしまうほど無心の境に達していた。死を願い、待ち、呼び寄せた。

ある日、マリアンヌは自分の部屋の入口に彼が現れたのを見た。彼は疲れてそっけない声で気のない言葉をいくつか発し、いきなり彼女を残して客間に入った。彼がソファーで横になるのを彼女は見た。彼はしばらくそうしていたが、それから突然身を起して呼んだ。

「マリアンヌ！」

彼女は答えなかった。鏡の前に立っていた。

帽子と手袋を身に着けていた。出かけるところだった。その時、彼は立ち上がって彼女の方に戻り、彼女が出て行こうとしているのにやっと気づいたように見えた。彼は尋ねた。

「どこに行くんだ？」

彼女はでまかせで答えた。

「私？　ギレムの家よ」

（彼女はドミニクとまた会うことになっていた）

彼女は通ろうとした。彼が彼女を止めた。もう一人で残っている力が彼にはなかった。彼女だけに救いを期待するように、深い不安、惨めな希望を込めて彼女を見つめた。

「俺といてくれ」とうとう彼は小さな声で言った。「一人でいたくない。一人でいられないんだ」

「でも、無理よ！　人が待ってるの」

「ああ！　そんなに大事じゃないだろ？　マリアンヌ」

「大事って、別に。でも……ほっといて」彼女は突然怒りの込もった口調で言ったが、彼は気にかけぬ様子だった。

「ギレム家に悪いことなんかないさ！　俺と一緒に残れ」

彼は扉の前に立ち尽くし、通せんぼした。決して、そんな彼を彼女は見たことがなかった。

「だめ！　ほっといて！　早めに戻るわ」

「君が必要なのは今なんだ」

「だめ！」

彼女はほとんど憎しみを込めて彼を押しのけた。その時、彼に対して優しさも憐れみも感じなかった。彼は夫、自分の欲望の障害物でしかなかった。彼女は彼を戸口から遠ざけようとその腕を掴み、突然、かつて自分が閉まった家具に指をぶつけて怪我をした動作を思い出した。その日、小娘だった彼女は自分が住む家の隣の小公園で、恋人のアントアーヌと再会することになっていた。自分では持前の性格にまるで無縁と思える盲目的な怒りの行動、自分で慄きつつ認めた狂った情熱、それが彼女の魂の中で肉体と生命を得ていた。こんなふうにあの時、アントアーヌの方に走るために、彼女は鍵のかかった引き出しに拳をぶつけて傷を負った。来なかった彼の方へ……走るために……道を妨げる者がいれば、彼女はその手できっと殺していただろう。

アントアーヌは彼女を通らせた。だが彼女が外に駆け出した瞬間、引き留めて尋ねた。

「子どもたちはどこだ？」

「お散歩よ。六時まで戻らないわ」

「ああ！」彼はとても小さな声で言った。

彼は彼女を放し、ソファに坐り、それから頭を壁に向けて横になった。

「どうしたの？」マリアンヌは呟いた。

だが彼の方へは行かなかった。自分の中に優しい息吹を呼び覚まそうとしたが無駄だった。彼女は全身、欲望、情熱であり、もう一人の男への思いに取りつかれていた。

「どうしたの？　せめて、言ってよ……具合が悪いの？　辛いの？　気が塞ぐの？　何なのよ？」

「何でもない、ただ」彼は結んだ唇の間からやっと言葉を絞り出した。

「今夜は君にいて欲しかった、それだけだ」

「まだ言うの！……でもだめって言ったじゃない！」

自分の口から飛び出した叫びを聞いて彼女は身震いした。

「私、残れないの！　そうしたくないのよ」彼女はもっと声を落として言い終えた。

彼はたたんだ腕の中に顔を隠していた。最後に答えた。

「そうか……いいさ……行けよ！」

彼女は外に飛び出した。何段か階段を駆け下り、すぐ立ち止まり、額をゆっくり手で擦った。なんて奇妙な場面かしら！……彼が自分を疑っているとは一瞬たりと思わなかった。彼はほとんど彼女のことを考えていなかった。自分自身、自分一人しか憐れんでいなかった。改めて彼が小公園で自分と約束してくれた日を思い出した。記憶の中で彼を思い浮かべた。自分をあんなに苦しめた、とても若く、傲慢で、若さの絶頂の不遜な魅力に溢れ、僅か数年でここまで変わってしまった青年を。

〝これは別の男ね〟彼女は思った。

〝そして今日は、死ぬほど痛めつけられた男の口ぶり、身振りだわ〟

彼女はもう前に進まなかった。出かけて彼を一人残せなかった。もう愛の話ではなかった。だが彼女は、心ならずも、彼の歓びと苦しみに繋がっていた。たとえ自分に対して向けられていても、その苦しみは、半分は彼女のものだった。彼女は悲しみ、後悔、恐怖が跳ね返って来るのを感じた。ともに暮らした歳月は、ほとんど夫婦の知らぬ間に、秘密の仕事をやり遂げていた――二つの存在を一つにしていた。二人とも、時に戦い、憎み合うことはできた。だが二人は一つだった、合流した二本の河のように。

ゆっくり彼女は上り直し、戻って、音を立てずに扉を開けた。彼は動いていなかった。彼女が置き去りにした時のように、顔を腕の中に隠していた。

彼女は彼の側に坐り、帽子を脱ぎ、それからそっとアントアーヌの頬と髪の毛を手で擦（さす）った。最後に小さな声で言った。

「もう怖くない？」

彼は何も答えなかった。だが夫の体が自分に向かって震えるのを彼女は感じた。もう彼を擦らなかった。アントアーヌのすぼめた肩にしっかり手の平をもたせかけ、力いっぱいそれを掴んだ。痛みと引き換えに、自分がいるという思いを彼の中に沁みこませるように。

彼はかすかに叫び声を上げた――

「マリアンヌ！……もしお前が知ったら！……」

彼女は増々強く力を込め、ほとんど乱暴に彼を掴み、ごく小さな声で言った。

「いえ、いえ、黙って、何も言わないで、動かないで！」

何分か流れた。彼はもう一言も発しなかった。目を閉じていた。少しづつ、彼女は手を緩め、聞こえないほどのため息をもらしながら下ろした。

「あなたのために何ができて？」

改めて彼は顔を逸らした。

「マリアンヌ、出発しよう！　なるべく早く……一番未開の、一番寂しい所を選んで……誰にも会いたくない、子どもたちさえ……お前一人だ……怖い、マリオン、俺は怖いんだ！　俺は病気だよ」

彼はさらに弱々しく言った。思いがけず自分の外に溢れ出た本心の閃きに怯えていた。そしてすぐさま、嘘を探した。

「俺は働き過ぎでぼろぼろだ。明日すぐに出発したい。お前は一緒に来るか？　マリアンヌ！　答えろ！」

「あなたと一緒に行くわ」マリアンヌは目を上げずに言った。

「明日？　だめか？　あさっては？　いつだ？」

「あなたのいい時に」

彼は組んだ両手を額に当てた。そして疲れ、ひどく悲し気な仕草でそれを解(ほど)いた。彼女は彼の側で黙ったままでいた。三十分流れた。やっと彼の息が整い、眠ったと彼女は思った。

32　甦らない青春

週末に、アントアーヌとマリアンヌは発つことになった。彼女はドミニクに知らせ、出発の前日、二人はリュクサンブールに近いレストランで食事をした。

最高に暑いが、望み得る最も穏やかな夏日だった。誰もが外出し、パリの外へ急いだ。フォアイヨ（訳注：パリにあった高級レストラン）の窓に面した薄日が射す舗道を、きれいなドレスを着た娘たちと腕を組んだ青年たちが通るのが見えた。

ドミニクとマリアンヌが坐ったテーブルに勿体ぶったギャルソンが近づき、二人の前で褪せたピンク色のズックのブラインドを引いた。

マリアンヌは暑さで疲れていた。静かに頭を後ろにそらせて呟いた。

「なんて静けさ……」

「そう、大きな墓地だな」

素晴らしい赤ワインを満たしたグラスを口に運びながら彼が言った。だがほとんど飲まず、自分の正面にグラスを置き、指の間でゆっくり回した。彼女は借りた別荘がどこにあるか説明した。

「ランドの中で、一番未開の場所よ、彼の望み通り」

「で、僕は？」ドミニクは小さな声で言った。

「私、秋には戻るわ。あなたはずっとこっちにいるでしょ、ね？　もう発たないでしょ？　ほんとに自由よね、あなたは……急き立てるものなんか何にもないし……」

彼女は待った、おそらく一つの叫び、一つの呼びかけ、つまりアントアーヌが発した言葉と同じような何かを期待して。だがドミニクと彼女の間には、かつてアントアーヌと小娘だった彼女の間にあったあらゆる感情がまだ働いていた。結婚生活の歳月が消し去ってしまった感情、彼女は今、それを改めてもう一人の男に見つけていた……自尊心、強い方でありたい願望、時折、愛の最中でさえ目覚める密かな憎しみまで。

ドミニクは黙っていた。その時、それ以上何も言わず、二人は、自分たちがもうつれない同士としてしか再会しないことを理解した。

黙っている二人を見て、ギャルソンがカップにもう一杯コーヒーを注ぎに近づいた。

「結構よ、行きましょ」マリアンヌが言った。

彼が勘定を頼んだ。彼が払っている間、彼女はきれいな大鏡の前で上着の襟を整えた。白い天井、焦げ茶色の壁、赤いビロードの座席の中で。ドリップコーヒー、苺、素晴らしい年代物のブランデーの微かな香り、壁紙の豪奢な黒ずんだ色が、ある種の時間の慎ましくも粘り強い特別な執拗さで彼女の記憶に沁み込んだ。それは他の時間のように手の届かぬ所へするりと逃げ込まず、通りがかりにこう言っているようだった。〝あなたは私をとっておくでしょう。私はあなたが与えられて直ぐに取り戻せなくなる、あの珍しくて、哀れな時間の一つになるわ。数えてご覧なさい。私たち、そんなに数多くないでしょ。子ども時代のほんの初めに、いくつかの瞬間があったわね。それから、ホテルの窓の下に水が流れるのを見た時、あんなに静かだった復活祭の朝、そして雪の日の小公園の一人ぼっちの待ちぼうけ。まだ何か？　新しく生まれた子どもの泣き声……、幸せな思い出ばっかりね。他には……ああ！　ああいう時間は刻み込まれてる。捨てられないわ。でも幸せじゃなくても、少なくとも、絶望が幸せに混じり合う、こんな甘酸っぱい瞬間は……なんて珍しい……しっかり見なきゃ、しっかり覚えておかなきゃ……このピンク色のブラインド、最後の苺、私が着るのを手伝いながら震えるドミニクの手を〟

彼女が青い上着の袖を通すのを手伝いながら、ドミニクが軽く慄いて指を震わせるのを首筋に感じて、彼女は思った。彼女は彼に微笑んだ。

「さあ、どこに行きましょ？」

「僕の家に」

彼女は俯いた。それで何にも変わらないでしょ、悲しいかな！……

夜、別れ際に（彼は彼女の住む街角まで彼女を送った）二人はキスを交わさなかった。手さえ握らなかった。だが、人込みに押され、せきたてられながら、お互いの顔立ちの、目の、微笑の、最も些細な特徴まで留めておこうとじっと見つめ合った。彼女にとっては、ちょっと前屈みの細身の体、情熱的で、不安げな表情、繊細で用心深い口元の小さな皺。彼にとっては、あみだに被った黒い帽子の下の乱れた髪、おそらく泣き言や無益な告白を言うまいとして、口角でそっと引き締めた薄い頬。

　不意に、彼女は彼から去った。

33　老ベルトの臨終

　現在はカルモンテルの名前だけを冠した会社は最良の日々を知った。それを一層念入りに監視し、慎重で愛情のこもった手で導く必要があった。アントアーヌがパリに戻った秋、仕事は人が会社の正常な歩みと呼ぶ、克服した困難、あやうく免れた破局、見込み違い、失敗、稀な成功がうち続く行程をたどり直していた。

　一九二六年、書物の高騰、それに次ぐ暴落は会社に新たな打撃を加え、新しい負債に見舞われた。家庭でも厳しい倹約が必要になった。車を売り、乳母を解雇しなければならなかった。マリアンヌは決して金に困ったことがなかった。彼女には、彼が予告し、心配させたほど、彼がもたらした困難が辛いとは思えなかった。二人は引っ越しを考えた。アパルトマンは二人には高過ぎると思われた。これは二人を悲しませた。一人の人間のように、この家に愛着を持っていたのだ。二人は人が人生の中で一人で進むのを止め、幽霊どもがあらゆる方向から押し寄せる年齢に達していた。彼はまだ彼らを撥ね退け、仲間を、生きた人間を熱く探し求める、ところが亡霊どものことも考えに入れない訳にはいかない。それしかいなくなる日を予期しながら。

いくつかの思い出が持つ力と、今は五つと三つになった子どもたちの変化で、マリアンヌとアントアーヌは流れた時を測ることができた。

子どもたちは美しく、健康だった。ジゼルは血色が良く、丈夫だった。フランソアはもっと神経質で、きゃしゃだが、細い足は疲れを知らなかった。二人とも騒々しく、やんちゃだった。マリアンヌが乳母を解雇して以来、三人はいつも一緒だった。二人にはいつでも気を配る必要があった。彼らは絶え間なく、日を追うごとに彼女を占領した。時折彼女はこの忙しない小さな手が、せかせかと、がつがつと自分から時間を奪い取るような気がした。小さくて元気な体、弾む足に運ばれ逃げ去る貴重な何分かを追って彼女は息せき切って走る。

〝あの子たちはあなたを生きたまま食べる、それで人はあの子たちを祝福するのね〟と彼女は思った。

もっとも、暇も、期待も、退屈も自分に許さないことで、彼女は子どもたちに感謝した。思った通り、一九二六年、パリに戻ってから、彼女はもうドミニクと会っていなかった。

翌年、カルモンテル夫人が病気になった。自分の悪しき健康を嘆きながら人生を過ごした彼女は、胃が完璧な状態にあることをいつも自慢していた。彼女はそれを節制と、自分が守った食事の規律の賜物と考えていた。正確な時間に出される綿密に調合された食事は必要なカロリーとヴィタミン量を含み、一グラムの超過もなかった。ところがひ弱で、あらゆる部分が脅かされ、三十四年間病気を克服してきた彼女の体の中で、最初に屈したのは胃だった。それは激しい痛み、食欲の減退で始まり、それから潰瘍が、最後に腫瘍ができた。手術が必要だった。

手術が決まると直ぐにアントアーヌに知らせが入った。大分前から、彼は兄たちにも母にも、悲しく無関心な思いしか抱いていなかった。怨念、不仲の理由を思い出すのさえ一苦労だった——あれから沢山の水が流れた……

医師たちはジルベール、パスカル、そしてアントアーヌに、彼女が手術を生き延びる望みはほぼないと告げていた——体は消耗して、力の限界に達している、手術すればさらに大きく無益な痛みは避けられるかも知れず、恩寵の何か月、ひょっとすれば一年のチャンスは残る、と。だが手術のほとんど直後に、老婦人は死に瀕し、生きて病院を去れそうもないのは明白だった。

アントアーヌは頻繁に母を訪ねた。母を失うという思いには苦しまなかった。だがかつての父の死と同じように、その死を予期すると、全てが暗い色調に染まった。彼女は急速に衰弱した。だが老いた心臓は諦めず、医者も驚く勇敢さ、粘り強さで戦った。

カルモンテル夫人は一九二七年の末に病院に移送され、クリスマスと正月をそこで過ごした。一月の末、彼女はまだそこにいて、見たところ状態になんの変化もなかった。ほとんどいつもうつらうつらして、それから突然、目を覚まし、付添人か医者に苛立ち、それからまた麻痺状態に陥った。時折、とげとげしく言った。

「お分かりね。私がここを出るのは墓場に行くためだけですよ」

だが彼女がそう思っていないのは明らかだった。

ジョセフィーヌが彼女の傍らにいた。時折、カルモンテル夫人はため息まじりに、彼女にだけ打ち明けた。

「ああ、あなたね、私とっても家に帰りたいの」

それからややかましく、訴えるような口調で言った。

「みんな私がよくなってるなんて言うけどね……でも、私は弱ってますよ……痩せてしまってね、それが分かるの……あなたはそう思わない？　ジョセフィーヌ」

ジョセフィーヌはその時、毛布を持ち上げるのも大変なやせ細った体を見て、尋ねた。

「奥様はそう思われますの？」

カルモンテル夫人はちょっと肩をすくめた。

「奥様は思う……奥様は思う……でも私が思うことなんか関係ありませんよ！　私はあなたの意見を聞いてるの！」

ジョセフィーヌはなかなか答えなかった。諦め、苛立った蔑みの表情を浮かべて目を閉じ、小さな声で言った。

「おバカさんになったわ、この娘は……」

彼女は黙りこんだ。

三兄弟はほぼ同じ時間に自由になり、昼食のちょっと後に彼女を訪問した。ところがある日、アントアーヌは普段通りの時間に来ることができず、午後遅くに彼女の所に行った。もうランプが灯っていた。彼は昼間の明るいうちにしかその部屋を見たことがなかった。母の顔に起こった変化を、彼は最初、明るさの違いのせいにした。彼女はいつにも増して弱って見えた。彼が入るとなんとか瞼を上げた。普段はちょっと笑って彼を迎え入れ、それから顔をしかめてこんなことを言う母が。

「入るか出るかよ。凄く寒いって分かるでしょ……」あるいは「あなたなの？　私、眠るところですよ」

誰かがランプに布切れを掛け、顔は暗がりの中にあった。彼女はある時は胸の上に両手を組み、またある時はため息をつきながら体の両側に垂らした、その時彼女があまりにも全く動かなかったので、アントアーヌは思った。〝臨終だ〟だがジョセフィーヌもベッドの隣に坐った付添人も動揺も不安な様子も見せず、小声で話していた。

アントアーヌを見ると、二人は立ち上がり、ジョセフィーヌは肘掛け椅子をベッドの側に進めた。

「寝てるの？」アントアーヌが囁いた。

「お休みになるところですわ」

「今日はどうなの？」

「お変わりありません」

「心臓は？」

「心臓は持ちこたえています」

彼女は身動きしなかった。彼はしばらく待った。付添人がそっとドアを開け、隣の洗面所に下がり、ジョセフィーヌもそれに続いた。

アントアーヌは重苦しい悲しみに襲われた。物音一つしなかった。老夫人の息さえも。決して彼女がこれほど静かに見えたことはなかった。アントアーヌは何の気なしにベッドの足元のテーブルに並んだ水薬を眺め、ラベルを読み、それから母の身の回りの物を一つ一つ、手に取った。彼女が病院に運ばせたもので、彼はマルゼルブ通りの両親の寝室でいつも見ていた。銀のフレームに一枚の写真が入っていた――若い母とスカートの側の三人の子ども、末っ子の彼は縁を刺繍した厚手の黒いラシャのたっぷりしたスカートに隠れた膝にもたれかかっていた。

〝このスカート、覚えがあるな〟彼はふと思った。〝母さんはビロードのブラウスと合わせてた〟自分の指にそのラシャ、ビロード、彼がこっそり爪を立てて解いたちょっとざらざらした縁取りの手触りを感じるような気がした。

〝俺はワルだった……フランソアそっくりだ〟

隣には閉じた扇、象牙と銀の容器に入った棒状の頭痛用の塗布剤、最後に彼がいつも目にして一度も開こうと思わなかった製本した青い一冊の書物。それはミュッセの詩集だと彼は知っていた。ページをめくり、行き当たりばったりにいくつかの詩を読み、何気なく奥付を見て、父が書きつけたいくつかの言葉を読んだ。〝マヌーシュに〟そして両親の結婚当初に遡(さかのぼ)る日付け。

〝マヌーシュ？〟彼は思った。父が死に際に呟いたいくつかの言葉を思い出しながら。それじゃこの人が……変だな、あの人は俺たちの前で決してこの人をそんなふうに呼ばなかったが……なんとこの人たちは俺たちに閉じられ、未知で、謎のままなんだ。それにしても、俺たちはとかく他人に対して秘密を守っても、自分たちの忠実なイメージを是非とも残しておきたい人間がいる。それは自分の子どもたちだ。だが彼らは正に、俺たちにさっぱり興味がなく、一番どうでもいい上辺だけで満足してしまうんだ〟

カルモンテル夫人が目を開けて彼を見た時、彼はまだ本を手にしていた。すぐさま恐るべき、人の言葉では言い表しようのない変化が生じるのを彼は見た。

彼は付添人を呼ぼうとしたが、彼女はもうそこにいた。彼女が老夫人に注射したが、夫人は感じていないように見えた。不安、懇願、ほとんど脅迫の表情を浮かべて、自分の周囲を探しているようだった。

「この人は何を望んでるんだ？ 何が欲しいんだ？」アントアーヌはジョセフィーヌと付添人にかわるがわる聞いた。この時彼には一つの願望しかなかった——母の望みを理解し、最後の願いをかなえてやりたい。

〝父が死んだ時〟彼は思った。〝こんなふうに父は不安になって、俺たちがしてやれなかった何かを頼んだ。だが母は分かっているようだった。今、この人は一人だ。話せない。俺はこの人のために何もしてやれない〟

彼は母の方に屈みこんだ。

「何がお望みです？ 仕草で答えてみてください……お望みのことは何でもやりますよ。ジルベールですか？ パスカルですか？ ブルーノですか？ 私の子どもたちですか？」

彼は突然、母が求めているのは自分の夫だと思った。多分、あの人が死んだことを忘れている……

彼は尋ねた——「パパ？」

ジョセフィーヌがベッドの側の肘掛け椅子から白いウールのネッカチーフを取り、死に行く人の指の間に当てると、彼女はたちまち、穏やかになった。

「この方はこのネッカチーフを手に持つのがお好きなんです」

ジョセフィーヌは小さな声でアントアーヌと付添人に説明した。

「暖かいんですね、それにこれを編まれたのはご自分なんです。最後の作品ですわ」

こんなふうに、かわるがわる、大切で、世界で一つ、と思われたものが全て消えた。過去からも、愛からも、何も残らなかった、思い出さえも。悔いたって、絶望したって何になる、アントアーヌは思った。今わの際に残るのが、一つの物への愛着、一杯の水、病院の壁の最後の陽の光への願望、一枚のウールのネッカチーフかランプの光を蔽う枝葉模様の薄布の穏やかさだけなら。

この貧困、死の至高の欠乏に備えるために、どうしてあらかじめすべての情熱を脱ぎ捨て、魂の全ての願望を少しづつ放棄せずにいよう?

何時間か後、苦しみ過ぎることなく、カルモンテル老夫人は死んだ。

34　沈黙の底の真実

カルモンテル夫人が遺した遺産は、彼女自身が願ったほど巨額ではなかったが、それでもアントアーヌにとって大きな援助だった。

それは彼と兄たちとの間に大いに和解の機会を与えた。兄たちは、アントアーヌがいい方に変わり、思慮深くなり、皮肉っぽさは薄れ、パスカルに言わせれば〝もっと人間らしく〟なったと思った。アントアーヌの方も、兄たちの慎重さ、冷静沈着さ、事業にも法にも精通し、何事に対しても、おそらく限界はあるものの、確かな知見を持つ男としての判断を評価した。

人が思うのとは反対に、男は一般に、若さの頂点でしかシニカルでない。人生が経過するにつれ、彼は辛辣さ、勇気を失くしていく。若者は現実を愛(いと)おしむ。大人はそれを耐え忍び、老人は、より賢く、それから逃げる、ただしそれも空しい。現実が最後に彼に追いついてしまうから。何年か前に、アントアーヌは、兄たちに急に共感し、罵るのを忘れた理由は、彼らがそのコネ、経験、名前によって自分の事業にもたらす支援の価値をやっと正当に評価したことによると、臆面もなく、自(みずか)ら認めた。実際二人とも輝かしいキャリアを追っていた。だがアントアーヌも若造ではなくなっていた。三十四歳になり、ある種の思いは、その乱暴さで、彼を恐れさせた。血の絆を理由に、家族と和解する方が良かった。それに、同じ動機に動かされた家族も彼を調べた。彼の事業が当面、困難な時期を切り抜けたことが分かった、勿論ジルベールが調査し、会社は大丈夫だった。

そこでアントアーヌとマリアンヌはジルベール・カルモンテル邸に和解の晩餐に招かれた。そこには同じようにパスカルとレイモンがおり、さらに、この集いの善良かつ正式な性格を一層強調するために、パスカルの二人の年長の子どもたちも出席していた。

食事の後直ぐに、ソランジュは横にならねばならなかった。マリアンヌとレイモンは彼女と一緒に残り、子どもたちの話をした。二人の少年は片隅でドミノで遊び、長いテーブルクロスの下で足をぶつけ合った。

男たちはジルベールの書斎で煙草を吸った――ソランジュは煙草の煙に耐えられなかった。

アントアーヌはほとんど知らなかった美しい屋敷に感嘆した。広く、住み心地がよさそうで、素晴らしく整えられていた。

「全部やったのは妻だ」ジルベールが言った。「具合は悪いんだが、なんでも自分でやった。彼女の趣味が印されていない部屋は一つもないよ」

「素晴らしい趣味をお持ちだな」

アントアーヌは言った。ドミニク・エリオがこの趣味を磨いたな……と心中思いながら。

ジルベールは充分それを知っていた。だが忘れたように見えた。アントアーヌは思った。

〝しかし、俺はこの恋は彼の生涯の悲劇じゃないかと思ってた。だが多分、俺が間違えたか。それにしたって、彼は幸せそうじゃないか〟

ジルベールがため息をついた。

「幸い彼女はこれに打ち込めた……なにしろこれ以外は、いつも病気で、子どももなく、母親になれる望みも皆無、この片田舎で一人っきりだ……ああ！　お前にゃ俺の人生は想像もつかんさ」

彼は突然声を低め、ガラスのはまった扉に目をやりながら言った。閉まっていたが、その向こうに、隣の客間の女たちが見えた――心配、永遠の不安……

「ずっと続く病人は他の病人より抵抗力があるもんさ」アントアーヌは言った。

「おふくろを思い出して……俺たち、何度お終いだと思ったか。あの人、俺が生まれた時からずっと具合がよくなかったと思うんだ！　三十四年だぜ！」

「おふくろは何より気の病さ。ところがソランジュは際限なく死の苦しみを引きずるだけなんだ。そもそもお前は女房とおふくろを結びつけるが、そんな考えが俺の心に浮かぶとは絶対思うな。何度、逆に、俺は自分の運命を親父の運命と比べたか！　何度それを嘆いたか！　俺は今それが何を意味するか分かる――病気の妻が……俺たちはえらく軽々しくそれを口にしたもんさ、覚えてるか？　そんなのは至極当然だと思ってた。親父は年取ってた、な？　我慢するしかないと。ところがだ！　俺は最近、これが分かって茫然とした。お前が生まれた時、つまりおふくろの病気が始まった時、親父は俺より若かったんだ。ああ！　お前に分かったら！　絶えず心配してびくびくして、まるで上ではもう死体が休んでるみたいに、つま先で歩く女中を前に一人で夕食を食う！　だがどうすりゃいいんだ、この先ずっと？　俺はただの男だぜ。こんなことを言うと、お前は酷いし、露骨だと思うだろうが――もうだめだ！　生きてる俺が死人と結ばれてるみたいだ。こいつぁ恐ろしいぞ」

「彼女は治るさ、彼女は若いんだ」パスカルが自分の飲み物を注ぎながら言った。

「だめだ、だめだ、それを望むのは止めたんだ。一月半や二月はよくなるだろう。暮らしを取り戻す、それからまた全てが始まるんだ――俺は旅行できない、出かけることも、人を招くこともできない。仕事から見た災いは言うに及ばずだ。お前にだって分かるし、パスカルはもっとよく分かる。夜、ここに帰ると思うと、俺は絶望に取っ捕まる」

レイモンが敷居に姿を見せた。彼女は夫を探しに来た。子どもたちは明日教室に行かねばならず、彼女は帰りを遅くしたくなかった。ジルベールとアントアーヌだけが残り、ヴェラエールとカレの倒産について熱心に語り合った。

その間、客間では、マリアンヌとソランジュが言葉を交わすほかなかった。ここ数年の間、二人はほとんど会っていなかった。マリアンヌは友だちが自分の健康、力、子どもを羨んでいると感じた。病気はソランジュの美しさを損なってはいなかったが、彼女はほとんど一人の女性には見えないくらい蒼ざめ、ひ弱だった。長い間、おそらく、彼女は女に共通する運命、その歓び、苦しみの枠外で生きていた。

〝この人といると気詰まりなのはそのせいだわ〟とマリアンヌは思った。〝とても年老いた女の人たちに対するとそれを感じる。私たちの間には共通するものが何もないの。例えば私と私が嫌いなレイモンとの間、それとも私と友人の誰彼の間には、いつも雌の面があるけど。その面では、私たちは似た者同士よ――ベッド、快楽、母性〟

ソランジュが口を切った。

「ドミニクの最近の話は知ってる?」彼女は尋ねた。

彼女はマリアンヌではなく、じっと、正面の窓を見ていた。

「いいえ」マリアンヌは言った。

「あなたたち会ってたでしょ、私、知ってるのよ」

「ええ、時々……」

「彼、来月結婚するわ。それは知ってる?」

「いいえ。誰と結婚するの?」

「ロンドンで知った女よ。フランス人で。かなりありふれた人じゃないかしら」

「ソランジュ」

マリアンヌが尋ねた。異様で残酷な興味、あるいは、もしかして、今度は自分の方が苦しめたいという欲望に駆られて。

「あなた、ずっと彼を思ってるの？」

「ええ」ソランジュは言った。

「分かるでしょ、私の暮らしは他の女たちとは違うの。昼は長いし、夜は果てしもないみたい。もしかして私、古い思い出に不相応な値打ちを与えてしまうのかしら」

彼女はいつも足の上に広げている毛布をそっと全身に引き寄せ、目を閉じた。

「お疲れ？」マリアンヌは呟いた。

「ええ。御免なさい」

マリアンヌはガラスのはまった扉に近づきアントアーヌに合図した。

「ソランジュはお疲れよ、おいとましなきゃ」

二人はジルベールの車でパリに帰った。自分たちの家の階段で二人切りになった時、アントアーヌは言った。

「いたわしいなジルベールは……なんて人生だ……」

「あなた、彼女がこの先ずっとあんなふうに耐えていけると思う？　限界に見えたけど」

「彼女が死ねば、確かにどちらにとっても幸いだろうな」

「あの人は彼女を愛してるわ。絶対彼女を忘れないでしょ。どの道、あの人は苦しむでしょうね」

「いや」アントアーヌがいきなり言った。

「死者は生きてる者に大きな力を持つと人は思う。だが違うぞ。彼等は忘れられるんだ。直ぐにじゃないし、簡単にでもない、でも時が経って……それで哀れな死者たちはすっかり忘れられるんだ」

二人は家に入り、ランプを点けた。彼女はソファーに横になり、本を取った。アントアーヌはラジオに近寄り、機械的にボタンを回し始めた。待ちかねて、ちょっと唇を着き出して軽く口笛を吹いた。彼女は突然、以前は彼のこんな仕草を知らなかった、だけど彼は私の中に古い記憶を呼び覚ました、と思った。彼女は考えた――

〝ああ！　そう……エヴェリーヌは……〟

エヴェリーヌ……ソランジュ……ドミニク……人生から消えてしまった人たち、死ぬか、遠くに去って……別れたばかりのソランジュは他の者たちよりほとんど現実感がなく――既に亡霊と思われた。ドミニク……アントアーヌ本人……若かったアントアーヌ……彼も遠いわ、彼だって……彼女はラジオをいじるアントアーヌの手を見た。そのきれいな手に愛撫されたいという欲望を直ぐ感じずに触れることができなかった頃を思い出し、突然思った。

〝そんなことはもう二度と。私たちの間に、この先そういうものは一切あり得ない。一緒に長く暮らして、欲望が消えたからだけじゃないの。これはまた別、一種の慎みだわ。それにしても、以前は……どうしてかしら？　なんておかしな！　このでこぼこして、のろのろして、それでいて強力な夫婦愛の流れは、なんてひ弱な腐った源から生まれるのかしら！　それに私、以前知らなかった体の慎みだけじゃなく、同じように魂の慎みも見つけたのよ。愛の最初の火が消えた時、以前なら思いの奥底、一番濁った深みを求めた所に、なんという思いやり、なんという心遣いを。少しづつ、人は賢くなるのね……〃

「ドミニク・エリオが結婚するんですって」彼女は言った。

彼は言った。

「ああ!」

そして直ぐに、目を逸らした。

彼は何を知っていたの? 何を見抜いていたの? 何を知らなかったの? 全部分かってたの? それとも何にも? それともわざと事実を知るのを拒んだの? 決して彼女にはそれが分からないだろう。ああ! 二人の間にはなんという嘘が。だがそれでも、二人は結ばれ、友人だった。泥や、通りがかりに引っこ抜かれた根が混じった水や、薄暗い地面から力強い、豊かな川ができるように。彼女が何かを知ることは決してないだろう。以前なら真実を求めたその場所で、彼女は口を噤み、さらなる闇、更なる沈黙しか望まなかった。

彼女は遠くまで自分を引っ張っていく夢想の流れを恐れた。二人の救いは連れ合いとしての二人に関わることの中にあり、個々人にはなかった。結ばれた二人は負け知らずで、時に、死すらも二人に何の力も持たないように思われた。別れてしまえば、二人は最もひ弱な人間でしかなかった。

アントアーヌが言った。

「ジルベールがブリュールを紹介してくれる。彼はロジエの会社の株の大半を持ってる。来年は最良の年にしたいなあ。絶対に安泰で繁栄する時期を期待するのは止めたんだ。二つの災厄の間で不安定なバランスを取れば事業は成功さ。それで満足しなきゃだめだ。もうそれでしめたもんさ。最初の贅沢で車を買い直すぞ」

彼は扉を閉めた。

「モスクワはもらったと思ったが。ラジオパリに過ぎんが。なんてこった！　なあ、昨日のサラリス家の晩餐は死ぬほど退屈だったな！」

「あそこの食事はよろしくないわ」

「ワインだってひどいもんだ」

「ベアトリスのドレス見た？」

「あの滝みたいな羽根か？　ありゃ気違いだ」

「そう、ぞっとするわ、ねえ？」

どちらもこんな無駄口を本当に聞いてはいなかった。だが二人とも幸せではないにせよ、少なくとも、自分たちが落ち着き、安全な場所にいると感じていた。

しばらくして、二人は床に就き、ベッドの温もりの中で、昔の恋の影法師に過ぎずとも、過去の思い出、忘却への熱い意志で育てられ、時折また花開き、元気になる愛を味わった。

35　第二の誕生

何か月か後、ギレム家で、マリアンヌはドミニクに会った。彼は小柄で、ほっそりして、きれいな、だが内気そうで地味な風貌の女性を連れていた。

「僕の家内だ」彼女をマリアンヌに紹介して彼は言った。

女たちは手を握り合った。新来の女性は厳しい服従と沈黙をしつけられているように見えた。マリアンヌは彼女に話をさせようとしたが、彼女は冷淡に、ぎこちなく、手短に答えただけだった。とは言え、彼女は愚かには見えなかった。マリアンヌは思った。

〝きっと、これこそ、混乱して、落ち着かなくて、決して自分探しを止めないこの男に必要な女性なのね……〟

しばらくして、彼女はコンサートホールに続く丸屋根の小部屋でドミニクと二人になった。お互い共通の思い出など何もない他人同士のように話し始めていた。それぞれ二人きりになれば口調は変わると思ったが、いざ二人になり、誰にも言葉を聞き取られず、コンサートホールの聴衆を煩わせないように小声で話しても、二人の唇は、意に反し、最もよそよそしい言葉、最も差し障りのない話を発し続けた。

初めて、マリアンヌがほとんど図らずも尋ねた。

「幸せ？」

「幸せ？」ドミニクは鸚鵡返しに言った。「そりゃまたぶっきらぼうな……ニュアンスも何も……お望みなら、違う人生を始めた気がする、って言おうか……ああ！　別に家内にへつらうわけじゃないが。晴れた朝、違う河に乗り出したって感じたことがもう二、三度あったな。一つの人生しかない人たちっているだろ、揺り籠から墓場までずっと同じじゃなくても、いっつも同じ方向に展開する。僕はもう何度も欲望、考え、愛を不意に変えたんだ、自分の中に、別の魂が目覚めたと感じるほどね。それで、この世にもうこの幸せしかないと思ってる——刷新、第二の誕生」

「以前の人生はご記憶かしら？」マリアンヌは努めて微笑んで尋ねた。

彼はうなづいた。

「覚えてるよ、でももう心に触れないね。仕方がないな」

「多分ね、でもそれ、難しいわ……私がよく分かってるなら、あなたの続々登場する僕って苦もなく自分の場所を人に譲ってしまうのよ。普通そうじゃないわ。ある種の人たちの場合、人生の年代が、それとも、こう言った方がよければ、時には我慢ならない人生の色んな状態が同居しているのよ。一部は諦めて、老けて、老いを超えさえするけど、もう一方は思春期、青春のまま。難しいのはそれだわ」

彼女は話を止め、聴衆の第一列の椅子に腰かけているドミニクの妻に目をやった。

「あなたが望んでいたのはあの人？」

「そうさ。将来の妻について、僕の望みが慎ましかったのは覚えてるだろ。そいつは時としてかなえられる。彼女は確かに僕が望んだ人だよ」

「Ancilla Domini?」（訳注：ラテン語〝主のはしため〟ルカ福音書　受胎告知の際、聖母マリアが神の使いに自らを語った言葉）

「そうだな」

彼は一瞬ためらって、言った。

「これは君に言わなきゃいかんな。僕は何より子どもが認知できるから彼女と結婚したんだ。彼女とは一人娘がいて、僕は凄く愛している」

「その子はいくつ？」

「もうじき五つだ。君が去った時、僕は分かれ道に立った……一方は、君の方に通じ」

彼は一層声を低めた。

「もう一方はその子の方に通じる。その上母親のことは言わんよ、そうじゃなく、その子だ。君が去った時、僕は君を待つことも、その子を選ぶこともできた。だが以前通り生きることはできなかったな」

「私、男にとって子どもが大したことを意味すると思わなかったわ。アントアーヌは優秀な父親よ、でも情熱的な父親じゃないわ、分かるでしょ？」

「ああ！　僕はずっと貧しかったからなあ……そうさ、僕は何一つ完全に与えられなかった。それが僕のせいか、人のせいか？　何も分からんな。だが、ここに来て、遂に、僕の何かが、いいか、もう一人の僕自身が……」

「何て錯覚……」

「そう思う?」

「最悪にして、最高の錯覚ね。私には子どもたちがいるわ。私は毎日、私ともっと違う、私ともっと他人で、幸せでもいられない二人を見ているの。あの子たちに求めるはそれだけなのに。子ども時代、人が幸せじゃないのをあなたはご存知ね、私もそう。それでこれから先、私たちと同じ運命に従って、あの子たちに私たちよりましな何があるかしら?」

「僕は君を信じない。理解したくないね。あの子は僕の生涯の愛だ」

ドミニクは微笑んで言った。

「その子はきれい?」

「凄くきれいだよ。ブロンドで、目は黒く、肌はイギリスの肖像画みたいに透き通ってピンク色だ。いつか、お目通り願えるかな?」

「勿論よ。私の子どもよりちょっとだけ年下ね。みんなで一緒に遊ぶでしょ」

彼女は自分の方にやってきたベアトリスの母に挨拶するために立ち上がった。ドミニクは去った。

〝こうして彼を眺めるのね、改めて、遠くから、昔のように、十一年前のように〟最近の肝臓疾患とカールスバッドでやった療法について語る老夫人の話を聞きながら彼女は思った。〝しばらくの間、私たちの人生は合流していたけど。アントアーヌと同じくらい彼の顔つきをもう思い描けなかったわ。今、改めて、彼は私の外にいる。無関心に彼を眺めることができるわ。それをどう説明するの? 彼から離れて、到着した道のこの場所から見て、彼への過ぎ去った愛は小さくないけど、でも、「列に

戻って」他の思い、他の恋の中でその場所を取り戻した、って言えるわ〞
彼女は娘時代の山へのハイキングを思い出した。その時、平地の方に降りながら、後ろを振り返ると、全ての頂が、距離を置いて均等になり、ほぼ同じ高さに見えた。彼女はさらに思った。
〝人生をまた始めるって、それが自分には何度もあったってドミニクは言うのね。私、彼が羨ましい。私には、道がもう長く思えるわ。私の背後で、思い出を背負って〞
その間に、楽師たちが席に戻り、マリアンヌが好きなモーツァルトの四重奏を始めた。彼女はドミニクが妻の側で立ち止まり、小声で何か言葉を交わすのを見た。ひどく驚いたことに、彼女は自分の目が涙で濡れるのを感じた。涙のせいで一瞬室内の照明が揺れる暈に囲まれて見え、それから、懸命に努力して、居住まいを正した。
〝彼、私にソランジュの話をしなかったわ〞二か月前に亡くなった若妻を思い出しながら、彼女は思った。若妻はほとんど不意の出血で命を奪われていた。

36　小さな王国

ジゼルは十二歳、フランソアは十歳だった。一九三一年八月、妹が生まれ、亡くなった伯母、ジルベールの妻の思い出にソランジュと名づけられた。

ジゼルは滑らかなブルネットの少女で、前髪が額にかかり、青い目をして、きりっとした長い眉毛がこめかみの方にちょっと持ち上がっていた。フランソアはひ弱で、蒼白く、ぼさぼさの髪をしていた。黒くてごわごわした髪の房が額の上で撫でつけにくい逆毛になっていた。頬にそばかすがあり、目はほとんど無色のように澄み、細い脚は青あざと引っかき傷だらけで、膝はごつくてざらざらしていた。いつでもとてもすくっとして、両手を深々とポケットに突っ込んでいた。この子は強情で、生意気で、乱暴で、時にものぐさだったが、一方で奇跡的に俊敏な精神に恵まれていた。

木曜日、子どもたちは従弟のパスカル・カルモンテルの年少の息子たちとドミニクの娘、幼いロゼット・エリオをおやつに自分たちの家に呼んだ。奥の部屋と長い廊下は彼等が遊ぶのにまずは充分なはずだったが、アントアーヌとマリアンヌがいないのをいいことに、絶えず誰かが客間に駆けこみ、立ち止まって、鳥のように興味津々の元気な仕草であたりを見回し、小さな叫び声を上げたり、ふかふかして温かい絨毯の上を跳ね回ったりしては姿を消した。

秋だった。しばらくして、使用人たちが鎧戸を閉めに行った。使用人たちは子どもたちの邪魔をせず、おやつのテーブルを用意した。子どもたちに目をやらず、子どもたちも彼らに構わなかった。両親はうるさかったが、マルタン、アリダ、乳母は見慣れた家具とほとんど見分けがつかず、彼等の前では遠慮しなかった。見られたり評価されたり、何をやっても両親の願望、期待に届かないという堪らない気持ちもなかった。子どもたちは自分たちが自由で、見事にほってておかれ、身軽だと感じた。何か分からないが浪費し、壊したかった。時々生命が有り余って息が詰まった。野蛮な叫び声を上げ、楽しんで取っ組み合い、地面に転がり、クッションを床に投げ出し、それを踏んづけて、それから自由になろうとした。

そして、いきなりお互い飛びかかっては、離れて逃げたり、手を取り合って輪になって踊ったりした。それから誰かが叫んだ。

「かくれんぼ！　かくれんぼ！」

それから嬉しそうに叫びながら、また散り散りになった。

かくれんぼは子どもたちが一番好きな遊びだった。ジゼルが一番先に客間に入って、つま先で歩き回り、それからソファーの後ろに滑り込んだ。

彼女は自分が夢中になっている従弟のブルーノのことを考えた。彼女の夢想はまだ無邪気だったが、それが彼女の中に呼び覚ました混乱は奇妙で、ひりひりし、炎のように熱かった。それを追い払おうと、彼女は手足でソファーの背にしがみつき、よじ登って、くすっと笑った。ママは何て言うかしら？

「やめなさい、ジゼル……」

両親はこれ以外の言葉を持っていないようだった。

「やめなさい……それに触らないで……」

こんな古いソファーをとっとくなんて、なんて変な考え……冬なんか窓の隙間から吹き込む風のせいで坐れやしない。だけどママは言うの――「これはずうっとここにあったのよ」

ジゼルは背に腰かけて、ビロードのクッションを足で叩いた。結局、この客間には、彼女に親しみがあって、好ましいものは何一つなかった。彼女のものは何一つなかった。家具の一つ一つが知らない、ほぼ現実離れした時代のものだった。ここには、彼女自身、その涙、遊び、夢の痕跡はどこにも見つからなかった。何もかもが、彼女が知らず、決して知るはずもない一つの意味を隠しているような気がした。だが時折、暗がりの中で、それぞれが囁きかける用意をしているようだった。

〝私は知っている、君の知らないものを……知っているぞ、知っているぞ……〟

彼女は足音を聞いた。誰かが彼女を探していた。フランソアだった。彼女はきゃっと叫んで、矢のように飛び出した。だがフランソアは素早く彼女の服の先っぽを掴み、彼女は捕まってしまった。今度は彼女が探す番だった。心臓がまだどきどきし、頬に血が上っていたが、喫煙室の肘掛け椅子に向かってひざまづき、顔に手を当てて大きな声で数えた。

「一、二、三……」百まで。

フランソアが今度は姉の場所、ソファーの後ろを押さえた。二人は新しい隠れ場所ではなく、暗がり、静けさ、共犯、神秘が入り混じる場所を探した。どういう訳か、ここであってそこではなく、この椅子の後ろであって、他の椅子ではなかった。壁に貼りつき、絨毯から立ち上る埃のうっすらした匂いを嗅ぎながら、フランソアは潜り込んだ。視覚、聴覚、彼の五感は素晴らしく研ぎ澄まされ、張りつめていた。ほんの些細な接触音、暗がりの中の鬼の息、扉が開く時、寄木貼りの床に見える微かな光線に注意を凝らした。心臓があまりどきどきするので、そこに手を当て、時々、目を閉じてその音を聞いた。彼は駆けっこ、遊び、変わった事に夢中になったが、幸せではなかった。フランソアは自分が充分に幸せだと感じたことが一度もなかった。彼の願望は様々で、激しく、時には矛盾していた。あまりにも力を込めて全てを愛し、嫌った。この時、彼はロゼット・エリオに側にいてほしかった。だがロゼットは彼に着いて来たがらなかった。長椅子の下の縁取りの小さな一切れが留金から外れていた。彼はそれをむしり取った。細く、硬く、俊敏な指が生地に襲いかかり、生地は静かに破れた。

誰かが入って来て、転ばぬように隅のランプを灯した。ジゼルが叫んだ。

「フランソアア……他の遊びをするわよ。いらっしゃい！」

彼は答えなかった。四つん這いで、自分の隠れ場所から出た。周囲を見回した。半分照らされたその部屋が彼を魅了し、それでいて悲しませた。彼は思い出を取り巻く暈のような気分を味わった。思い出そのものは存在しなかった、だがその香り、その気配、覚えのあるその慄き、現在から過去に繋がるその屈折が、鏡に映る影のように……セーヌの側に目をやった時、その気持ちは強まり、陰って、悲しみに近づいた。彼はいつも暗がりでは恐れを感じた。人という存在は、暗黒と恐怖のヴィジョンを持ってこの世にやって来るようだ。それは少しずつ弱まり、昼の間や穏やかなランプの灯りで消えるだろう。だが決して完全には消え去らず、孤独や暗がりの時間が始まると、直ぐに甦るのだ。

彼は俯き、唇を噛みしめて、部屋の真ん中に立ち尽くしていた。あまりにも深々と物思いに耽り過ぎて、マルタンが入って来たのが分からず、使用人の声を聞いてやっと振り向いた。

「ここで何をしておいでですか？　フランソア様」

同時に、警戒するように、マルタンは客間を見回した。このおぼっちゃまはまたどんな馬鹿なことを考え出したんだ？　だがそんなことはなく、全てがきちんとしていた。彼はもう一度言った。

「一体ここで何をしておいでですか？」

フランソアは答えず、聞いてさえいなかった。時として、彼はじっとしていたい、黙っていたいという願望、重苦しく、混沌とした夢想に襲われた。そこから目を輝かせ、ワインを飲んだように頬を火照らせて抜け出した。そんな時、父か母が居合わせれば、彼等は苛立つか驚いて尋ねた。

「それにしても一体、そんな風にお前は何を聞いているんだ？　何を見ているんだ？　こんな暗い片隅に何にもないじゃないか。お前は何を考えてる？　何を言うんだ？」

そんな時、彼は小声で何でも唱えた――アン　ストラン　グラン（どれにしようかな？）、または九九の表、または卑猥な言葉、自分の考えを助け、軽快にする一種のリズムを作るためなら何でもよかった。とは言え、本当の意味で考えを語ることはできなかった。彼は理詰めに考えず、想像しなかった。視覚、聴覚より、夢遊病者の第六感のような不思議な能力によって、ある音、ある色、ある匂いを吸収した。それは時に他人には区別できず、彼の中で沈殿し、後々彼の魂の土台そのものになるかもしれない――街中の一つの叫び声、一つのセーヌの呼び子の音は、何故かしら、無数の他の叫び声、無数の他の呼び子の音と違っていた。片隅に灯されたランプの光、母の手の細い金の結婚指輪、隣の部屋の一歩も。

マルタンが言った。

「おやつをご用意しました」

唐突に、彼は目覚めた。自分の手を眺め、洗う必要はないと決め、半ズボンでこすり、他の子どもたち、女中の腕に抱かれた幼いソランジュまでが同時に入った食事部屋の方へ走った。

熱いココア、小さなブリオッシュ、ピンクの氷菓子、あんずのジャムが出た。

子どもたちは喜んで食べた。テーブルを囲んで坐り、チョコレートのとろりとしたムースに鼻を潜らせた。彼らは今、両親たちが彼等に抱いたイメージの通りだった――満腹した小さなお腹、飽食した小動物、それ以外の何者でもなかった。

それからまた遊びが始まった。ロゼットがフランソアの相棒だった。彼女は彼から離れなかった。一緒に走り、手を繋ぎ、一緒に隠れた。彼女は赤いドレスを着て、遊びでばらばらになった短い髪が軽い房になって、輝く目の上に垂れた。最高に美しい少女だった。彼女は彼に銀紙の指輪をあげた。彼は彼女にキスした。二人はビロードのスツールの上で両足を揃えて飛び跳ね、スツールが床に転がるとそれから落っこちた。叫び声をあげ狂ったように笑いながら起き上がり、他の子どもたちに飛びかかった。

今や、最高に野蛮で、最高に楽しい、お祭りの最後の時間で、あんまり楽しくて、予習をやっていない明日の授業を思い出そうと、乳母が小言を言おうと、もう何もかもどうでもよかった。

「ご自分の服、見ましたか？　きれいなのに……また床に転がっちゃって！　まあ！　なんて子でしょ！　ママに分かっちゃいますよ！　お目玉をくいますよ！……」

一瞬、戸口に立っているママがフランソアの目に入った。彼女は微笑み、同時に散らかった部屋を見て頭を振った。楽しそうだが、呆(あき)れた表情を浮かべていた。彼にキスしようとしたが、彼はその腕から身を振りほどいた。大騒ぎはひときわ激しくなった。子どもたちは一瞬反抗して大声を張り上げているようだった。こんなふうに思いながら。

〝一瞬だけさ。でも僕らの時間だ……あんたなんかじゃま、敵、役立たずだ、消えてなくなれ！　僕らに場所を渡せ！〟

ママは逃げ出した。もう子どもたちの部屋の外には行けなかった。だが部屋なら足りていた。彼等は通り道で椅子をひっくり返し、叫び声を上げた。扉は閉めていたが、マリアンヌはそれを聞いてため息をついた。

〝ああ、この子たちはおとなしく楽しめないのね。とにかく、おかげ様で、明日は学校だわ！〟

突然、フランソアはアントアーヌが鍵を回す音を聞いた。これこそお祭り、休戦の終わりを告げるシグナルだった。何もかもまた色褪せ、つまらなく、醜くなるんだ――お風呂、夕食、就寝、赤い縁取りを飾ったパジャマ。最後の瞬間だ、最後の……彼は逃げ出し、死んでしまいたかった。涙が目に込み上げた。ごたごたしたおもちゃの上を、踏みつけ、ぬいぐるみの犬の鈴を踏みつぶし、野蛮な叫び声を張り上げながら、なおも両足を揃えて飛び跳ねた。

37　壮年の憂愁

アントアーヌはアパルトマンを横切り、一瞬子ども部屋の大騒ぎに耳を貸し、時計を見た。

〝六時半だ。そろそろ出て行くだろう……〟それからマリアンヌが猫と一緒に避難している小さな客間に入った。彼女は目を上げ、直ぐに夫の顔から、彼がしんどく多忙な一日を過ごしたことが分かった。多分特にひどくはないが、全然楽しくない、空しくも重苦しい日々の一つを。

「どう？」彼女は尋ねた。

彼は答えた。

「いいよ……」

二人は暖炉の側に坐った。あの子ども部屋……それはアパルトマンの中で奥まった場所しか占めていなかった、そして子どもたち自身も主役——両親の周辺の脇役に過ぎず、そうあるべきだった。だが、実際、日に日に、彼等の役は重みを増してきた。それを認めるのは不愉快だったが、気づかぬ訳にはいかなかった。あと五年、六年もすれば彼女とアントアーヌは目立たぬ下っ端のランク、ぱっとしない端役のランクに落ちるだろう。昔、二人も心の中で自分たちの両親をそのランクに割り当てていた。

アントアーヌとマリアンヌは若かった。目の前にまだ長い人生があった。だが思いがけない部分、可能な部分は制限され、日増しに制限されようとしていた。彼等、子どもたちにはまだ何だってあり得た。全てに用意ができ、全てに開かれ、素晴らしく自由で、何にでも応じられた。両親にとって、選択はほとんどなかった。一つや二つの道しか残らず、他には何もなかった。

「ベルジェが払いそうもない」アントアーヌが突然言った。「追いかけなきゃならんが……出費、トラブル、受け取る望みはない。全てうまくいかん。うんざりだ。頭が痛いよ。君は風邪をひいたみたいだな。倹約の時代だ。そこで生じる論理的帰結は……」

「一番高いレストランに一緒にディナーに行くことね」マリアンヌが言った。

「正にな」

二人はくすっと笑った。

「じゃ、すぐ行くか？　先ずバーで一杯やろう。八時頃食事して早めに帰ろう……明日は馬鹿みたいに仕事があるんだ」

マリアンヌが帽子を被りに行き、二人して逃げ出した。扉を閉めると、もう子どもたちの騒ぎは聞こえなかった。二人はほっとため息をついた。

「あの子たちがあんなに興奮しちゃって災難だわ」

マリアンヌが子どもたちのことを思いながら言った。

「特にフランソアが……きっとお終いには悲劇よ……なんかひどく馬鹿なことを。乳母が金切り声を上げて、出て行くって脅すでしょ。私が懲らしめる羽目になるの。なんて憂鬱……」

「フランソアはひどい」アントアーヌが言った。

「娘はいい子なんだがなあ。派手な才能があるようには見えんが、いい子だ……だがフランソアは手に負えん……」

珍しく自分に真摯に向き合う時（年が進むにつれ増々珍しくなったが）、アントアーヌは、自分の子どもたちを見ると、自分とは他人と思えた。

〝あいつら、俺よりマリアンヌに歓びをくれるに違いない〟彼は思った。

〝純粋に母性的で、ほとんど動物的な歓び……愛撫して、着させて、湯浴みさせて〟

そうした女の単純さは、彼女たちの存在には大きな救いに違いない。だが彼はそんなものはまるで感じなかった。子どもたちの心に触れたかったが、体だけと思われた――泣き叫んで、笑って、動いて、それ以上は何も……それから不意に、閃きが生じ（だがごく素早く、ほんのちらりと！）見知らぬ、他人の魂を垣間見せてくれた。とにかく彼が子どもたちに探し求めたのは、彼等ではなく、遂に理解し、腕に抱きしめ、慰めてやりたい彼自身、自分の幼年だった。だが彼等の中に少年アントアーヌの影を追いかけても無駄だった。彼が見つけたもの、それはジルベールの顔、パスカルの残忍性、カルモンテル夫人の唇から洩れそうな声の抑揚、決して自分のものではなかったので彼には不愉快な才能までだった。

「どこに行くの?」通りに出るとマリアンヌが尋ねた。

二人は結婚前にしょっちゅう待ち合わせした小さなバーを選んだ。そこに、以前マリアンヌは一人で入った。胸をどきどきさせ、入るなりアントアーヌを目で追い、そしてしょっちゅう笑みを浮かべて自分の方に来るバーテンダーだけが見えた。

「ちょうど、あの方から電話がありまして、引き止められて、いらっしゃれない、また電話するとのことでした」

イギリスの版画を飾ったきれいな壁の間に、彼女の最も熱烈な期待、最も痛切な歓び、後になっても、決して、何も匹敵できそうにない悲嘆の時が残っていた。結婚以来、そこは一番平凡な、日々の待ち合わせ場所だった。時折、彼女は仕事を終えた彼とそこで会った。しょっちゅう、彼は劇場返りに、そこで彼女にサンドイッチと一杯のシャンパンを奢った。

思い出の全てが、少しずつ、消えていた。記憶の中の死者たちの顔のように。

二人は車を置いていくことにした。ちょっと歩くために。それからタクシーを捕まえた。バーには人気(ひとけ)がなかった。

「ここで食事したら？」マリアンヌが提案した。

普段口数の少ないアントアーヌが、この晩は、ベルジェの話（不払いの取引）をかなり雄弁に語った。明らかに彼はそれに苛立っていた。仕事そのものは曖昧でややこしく、他人の口から聞いたら、マリアンヌにはほとんど分からなかっただろう。ここで、彼女は見抜いた。細部ではなく要点、アントアーヌにとって重要なこと、つまり彼が抱いた感情と彼に訪れた思いを。この点で、マリアンヌは過（あやま）たなかった。アントアーヌの唇から、彼が言うより先に、発する言葉を読み取った。夫婦の間には、両親と子どもの間や最も親しい友人間にありがちな、予見できない反応はまずない。こうしたことでは、夫婦は兄弟、姉妹に似ている。無関心だろうと敵対していようと、お互い決して理解不能ではないのだ。マリアンヌは、対照的に、体と心が等しく未知で驚きに満ちていた頃、恋の始まりが与える、薄暗い森を手探りで進んでいく感覚を時々思い出した。

アントアーヌは軽い食事を終えると、おなじみの仕草で頭を後ろに投げ出し、ちょっと笑った。

「気分が良くなった……実際、一緒にいるのは珍しいな、残念ながら……」

「それは本当。もし夫と妻がお互い二人きりで過ごす時間を数えたら、おかしくないくらい少ない数になるでしょうね……」

マリアンヌはふと黙りこんだ。夫婦の愛は互いの援助がないばかりか、当人たちがどうあろうと、諍（いさか）い、幻滅、裏切りがあろうと、子どものように、それ自身の力で成長できるのね、と思いながら。

だがアントアーヌの問い――「何を考えてる？」に、彼女は答えた。

「何にも……」

改めて、彼は自分の考えを、ぎりぎりではないまでも、少なくとも途中までたどったように見えた。友情を込めて彼女を見た。

「俺たちはいい友だちじゃないか？　マリオン。幸せなことに……なにしろその他は……」

「あら！　何？　その他って」彼女は肩をすくめて言った。

「あなたの心配の種はベルジェの件？」

「いや……特別じゃあ。だが人はいつか、やっと手が届くと思って生きてるんじゃないか……幸せに？　違うか、誰もそんなことを信じるほど初心(うぶ)じゃないか……だがある程度、今よりいいくらいには。勿論、金とか野心のことを言ってるんじゃないぜ、それについても言うことはいっぱいあるが（だが結局、そいつは二の次さ）。そうじゃなくてある内面の満足、魂の平安、どう呼んだらいいか分からんが……それでそいつが日に日に遠ざかって近づけないように思えるばかりか、一種の空騒ぎに取り巻かれるんだ。それに対して身を護るのは不可能だし、もう身を護る力がない……どんな頼みの綱も……若い盛りなら、その頼みの綱に事欠かなかった、ところが今じゃ……」

「そうね、それは滅多にないわね」

マリアンヌは軽いため息交じりに認めた。飲んだばかりのシャンパンが頭に上り、くらくらした。

彼女は半分目を閉じた。

「眠いの？」

「いいえ。でも風邪が……」

彼は彼女の手を取り、ブレスレットを巻くように手首を自分の指の間で遊ばせた。

「帰ろう……」

「もうちょっとしてから……家じゃあ、もう誰も私たちがいらないみたいね」マリアンヌが不意に言った。

「その方がいいさ」

二人は黙った。

「帰ろう」アントアーヌがもう一度言った。「明日は七時に起きなきゃならん」

二人は何歩か歩いてタクシーを呼び止めた。雨が降り出した。ロータリーとシャンゼリゼ通りの角で、彼等の前を通った車がスリップして街灯に激突した。窓ガラスが砕け散る音と、警官の警笛が聞こえたが、駆け寄った野次馬しか見えなかった。

「見事にぶっ壊れやがった」ひどく冷酷に運転手が言った。

「あっと言う間ね」マリアンヌが呟いた。

そうだな、あっと言う間……アントアーヌがもっと若かった時、人生は短く思え、死が彼を怯えさせた。今、彼は決してそれを思わなかった……

マリアンヌは疲れ、ちょっと熱っぽく、目を閉じて夫の肩に寄りかかった。彼は彼女を引き寄せ、二人はキスした。二人はとてもしょっちゅうキスした……互いに差し出し、混じり合う唇の動きは、息をするのと同じくらい無意識になっていた。

彼は思った。

〝俺が一番愛した女はこいつじゃない。だが死ぬ時、俺は激しい恋を惜しんだ以上に、俺たちを結びつけるものを惜しむだろうな。激しい恋は〝真実であるには美し過ぎる〟神の恵みのようなもの。主は一時だけ、それをお与えくださるようだ。だがこっちは正に二人のもの……苦労して手に入れ、ゆっくり蓄え、蜜のように念入りに作られるんだ。そしてある日、これだって捨てなきゃならん。惜しいことに……〟

二人は腕を絡ませ、互いに体を押しつけ合って、動かなかった。欲望は感じなかった。

平静で、ちょっと皮肉で、歓びはなかった。だが、しばらくして、二人とも疲れがとれたような気がした。

了

訳者あとがき

「二人」は一九三八年、四月から七月にかけてフランスの有力文芸誌「グランゴアール」に連載され、翌一九三九年三月、アルバン・ミシェル社から刊行された。「イレーヌ・ネミロフスキー初の恋愛小説」と銘打たれたこの作品は読者にも批評家にも好評を博し、長篇デビュー作「ダヴィッド・ゴルデル」以降最大の販売部数を達成した。

一九三〇年代初頭からこの時期まで、イレーヌ・ネミロフスキーは文業に理解のある心優しい夫、ミシェル、二人の娘と幸せな家庭を築き、作家としての名声も確立し、激動の人生の中で、束の間ながら、幸せな一時期を過ごしたと言えるかも知れない。

だが時代の危機はひたひたと彼女の身辺に迫っていた。一九三三年政権を握ったナチス・ドイツは一九三八年にオーストリアを併合、翌一九三九年九月にはポーランドに侵攻する。戦雲は暗く垂れ込め、時代は一気に急迫の度を高めていく。一九三七年に彼女が発表した短篇「友よ！」（既刊「処女たち」所収）は父祖の代からフランスに定住した名望ある市民が、下層社会を生きるユダヤ人とのふとした出会いを通して、自らの出自である「ユダヤ」を意識し、言い知れぬ不安に襲われる話である。

作家としての時代認識は透徹しており、彼女はこの作品について「結局、私はユダヤ人がフランス社会に同化することは不可能だということを明らかにしているのだ」と語っている。一方、生活者としての彼女は不安に慄くユダヤ系の一市民である。一九三八年の日記には「私たちはなんと異様な時代に生きていることか……戦争は必然的にごく間近と思える」「家は、息苦しい。砂浜も息苦しい。仕事をする気も無いが、同時にこの漠たる不安は……」といった不安感を吐露している。この年、彼女は夫のミシェルとともに、フランスへの帰化を申請するが当局に却下され、名誉あるフランス作家はSTATELESS PERSON（国家無き人間）として戦争、侵略の時代に投げ出される。ユダヤ人に対する迫害が深まる中、作品発表の場は徐々に狭められ、テーマの選択にも慎重な判断が迫られた。

「二人」はこうした不穏な時代環境の中で執筆された作品である。全二巻の彼女の全集の中で第二巻の冒頭に置かれているこの作品は、長からぬ作家のキャリアの中で中間点に位置すると考えられるだろう。三五年以降の長篇小説だけに絞って刊行時期を記すと、以下の通りである。一九三五年「孤独のワイン」（既刊）、三六年「ジェザベル」（未訳）、三八年「獲物」（未訳）、三九年「二人」、四〇年「アダ」（既刊、原題「犬ども狼ども」）。以降は死後の刊行となるが、執筆時期を想定すると、三九年「魂の師」（未訳）、四〇年「この世の富」（既刊）、四〇年～四二年「秋の火」（既刊）、「血の熱」（既刊）、「フランス組曲」（未完・既刊）。三八年から四〇年にかけて、私的世界に多く向けられていた作家の視点は外部社会にシフトしていく。それまでの作家の出自（失われた故国としてのロシア、血統としてのユダヤ、母との確執）にまつわる濃密な世界に変わって、「この世の富」以降の作品ではアクチュアルな状況下における、人間の受難と抵抗の緊迫したドラマが展開される。

この中にあって、「二人」は作家の出自とは切れ、視点は近い過去に向けられる、という正に中間的な性格を持っている。本作の主たる登場人物は第一次世界大戦後の若者たちであり、物語の展開時期は、第一次大戦直後、一九一九年から第二次大戦が未だ姿を現さぬ一九三三年迄である。主人公、アントアーヌは推定一八九三年生まれで一九〇三年生まれの作家より十年先行する世代に属する。これはベルエポックに生を得て、未熟な青年時代に戦争に放り込まれ、生死をめぐる経験を経て、予定調和が完全に失われた無重力状態の世界に投げ出された世代である。自身にとって、先行世代であり、同時に、両次大戦間を生きる同時代人でもあるこの世代を、作家は後続作品「この世の富」「秋の火」でも主人公に据えている。本作が両作品と異なるのは、後続作品では主人公たちが両次の大戦を経験し、未だ人生の途上であっても、一種生き切った感をもってエピローグを迎えるのに対し、本作のアントアーヌはエピローグに於いても不安定な無重力状態のままに置かれていることである。ここでは先行世代の生態を冷徹に見詰める目と同世代人としてのシンパシー（この場合は共感というより、生存感覚の共有）が折り重なっているのだ。

本作に描かれるアプレゲールの青年男女はニヒルでセンチメンタル、つまり脆弱であり、その行動は軽薄で無軌道である。ソランジュ・サンクレールの語彙を借りれば「試運転」もせずに高速で車をぶっとばし、ある者は深手を負い、ある者は死に至る。それぞれが抱える不全感の連鎖が悲劇を生み出す。恋愛はあるが、得恋の歓びは束の間で、恋人たちはすぐに疲労、幻滅に捕らわれ、意識のベクトルは孤独・無・沈黙・死へと向かう。主人公アントアーヌは実母に愛されず、実子を愛せない。「子どもに愛着を持つには、生まれた時から、ありのまま子どもではなく、実際よりもずっと強く、ずっと美しい想像上の存在を見る必要があった」つまり人生をあるがまま愛せない彼には、何か根本的な性格の歪み、精神上の欠失があるようにも思われる。親友で審美家のドミニクは実生活を嫌悪し、再びソランジュの言葉を借りれば「フィクションしか、人生の余白しか、人生を取り巻く暈しか感じ取れない」。作家はこうしたロストジェネレーションの若者たちの生態を見つめ、その内面を生々しく描き出していく。訳者はかつて「孤独のワイン」のあとがきで、「作家が注釈や説明を加えず、登場人物を存分に生かしきり、彼等、彼女等の意識、感情、言葉と行動が物語りを進めていくのがイレーヌ・ネミロフスキーの大きな特徴である」と指摘した。このスタンスは本作でも変わらず、作家は登場人物を観察し、描き出すが、批判、断罪しない。外科医が手術に臨むように、冷徹に、心の患部を発見し、剔出していく。

本作において批判、断罪の役割を果たすのは女性たちである。「この世の富」「秋の火」においても妻たちは夫をひたむきに愛する一方で、時に夫に対して最も手厳しい批判を下す。しかし、本作に登場する女たちは、愛することにより冷めやすく、批判においてより仮借がない。アントアーヌもドミニクも、特に今日のジェンダー的観点からすれば、とんでもない男たちだが、女たちも一方的な被害者ではいない。ことに際して女たち――マリアンヌ・ソランジュ・エヴェリーヌが発揮する認識力は男たちよりはるかに透徹している。天の配剤ならぬ作家の配剤であり、そこに作家の同性へのシンパシーとその能力への信頼を見てもよいだろう。

「二人」を構想、着手した一九三七年夏、彼女は作家ノートに次のように記している。

〝「二人」は狂って、邪悪で、不安定な性質を持つ二人の物語だ。人生、愛、結婚が彼等を磨いていく（perfectionner）〟また彼女の作品を終生称讃して止まなかった高踏派の詩人アンリ・ド・レニエの死（一九三六年）に際して、彼女はこんな述懐を洩らす。〝生きるとは卑俗なこと。あの方はいつもそう言っていた〟〝本当にそうか？……〟「孤独のワイン」それから「二人」で、私は必ずしもそうではないことを示したいのだ〟こうした発言から察するに、彼女がアントアーヌとマリアンヌの歩みにポジティヴな意味を与えたかったことはどうやら事実のようだ。確かに、「孤独のワイン」の主人公、エレーヌ・カロルには母との確執を乗り越え、自立した人生に向かうポジティヴな歩みを見ることができる。だが本作のエピローグに至る二人の意識と行動に「意味」を見出すことは可能だろうか？ 試みに「磨いていく」と訳したが、perfectionner という言葉はどういう意味で受け取るのが正しいのか？彼女の伝記の英訳版「The Life of Irene Nemirovsky」（オリヴィエ・フィリッポナ、パトリック・リアナール著ユーアン・キャメロン訳）ではこれに improve という訳語が与えられている。しかし少なくとも訳者の語感では improve は余りに楽観的で、この場合のニュアンスから外れている。仮にポジティヴな意味を見出すとしても、「完全にする」には程遠く、経験を通して人生を深める、というくらいの解釈が妥当ではないか？ そう考えてしまうほど、二人の経験も現在も苦い。エピローグで彼等は一応の安定に辿り着くが、その生活に「頼みの綱」がないことを二人とも深く意識している。彼らが獲得したものがあるとすれば、いつでも崩壊しかねない市民生活の安寧ではなく、時の手触り、と言うべきものではないか。「あんなに待ち望んだ、あんなに必死に掴もうとした瞬間、それが自分の手を離れて、もう過去の中にあるなんて、流れ去った時が私たちの行動に大げさで決定的な性格をまとわせるなんてあり得ることかしら？」アントアーヌに求婚されたマリアンヌはこんな述懐を洩らす。この言葉が象徴するように、彼等、彼女等は「すれ違う」あるいは「失う」という逆説的な形で、時を閲する。そして時が深まる先にあるのは希望ではなく、苦い覚醒、死への予感なのだ。「人という存在は、暗黒と恐怖のヴィジョンを持ってこの世にやって来るようだ。それは少しづつ弱まり、昼の間や穏やかなランプの明かりで消えるだろう。だが決して完全には消え去らず、孤独や暗がりの時間が始まると、直ぐに甦るのだ」二人の息子、早熟なフランソアの感覚に寄り添って作家が記したこのパッセージに、本作のモチーフが端的に表れている。これは特定の対象を持つものではなく、存在し、生きていることに対する、死を孕んだ、漠然とした恐怖感である。死は折に触れ二人の意識を訪れる。

「そこでは全てが死を予告するように思われ、あらゆる人間の行為の果てに死が姿を現し、死が万物の味を損なう」（アントアーヌ）「でもどうして死を思うのかしら？　どうして絶えず怯えるのかしら？」（マリアンヌ）言わばこれが不安の時代を生きる者の、あるいはもしかすれば、人としてこの世界に生きる者の根源的な生存感覚であり、作家は若者たちの生態を追及することによって、この根源的な感覚を照らし出した、と言えるだろう。

さて、エピローグで語られる通り、アントアーヌとマリアンヌの目の前にはまだ長い人生がある。この先、「二人」はどこに向かうのか？　先述の通り、この物語が幕を閉じるのは一九三三年である。この後、時代は急速に閉塞から破綻への道を辿る。作家はアントアーヌの両親（アルベール・カルモンテル夫妻）の人生と二人の人生に、ある種のアナロジーを見ているようだが、この時代に予定調和はあり得ない。この時四十歳のアントアーヌは、通常ならば数年後、二度目の戦場に赴く年代である。聡明なマリアンヌはエピローグであらゆる経験・感情を呑み込んだうえで、「合流した二本の河」のようなアントアーヌとの夫婦愛を認める。アントアーヌの側も然り。果たしてこの愛は受難の時代を生きていく二人を支え得るのか？「頼みの綱」となり得るのか？作家の希望が込められた感のある子どもたちは、どんな人生を切り開いていくのか？少なくとも、イレーヌ・ネミロフスキーに親炙する読者には、それを想像する楽しみが与えられている。

最後に余談ながら。本作で悲痛な人生を辿るソランジュ・サンクレールは訳者が鍾愛する短篇「九月の午餐」（一九三三年、拙訳「秋の雪」所収）で、主人公が回想する亡友として登場しています。「ソランジュ・サンクレール……彼女のきゃしゃで美しい体が長年地中に横たわり、草やくねった長い根に姿を変え、溶けて消えていったことを思うと流れ去った歳月が一際長く感じられた」

訳出中、これに思い当たった時は、旧友に思いがけず出会ったような懐かしさを感じると同時に、その悲劇的な人生が予感され、一種不安の念に襲われたことを付記しておきましょう。

この度も刊行にご尽力いただいた未知谷の飯島徹社長、編集の伊藤伸恵さん、装幀用に美しい写真をご提供いただいたみやこうせいさんに心から感謝いたします。

二〇二一年六月

芝　盛行

Irène Némirovsky (1903～1942)

ロシア帝国キエフ生まれ。革命時パリに亡命。1929年「ダヴィッド・ゴルデル」で文壇デビュー。大評判を呼び、アンリ・ド・レニエらから絶讃を浴びた。このデビュー作はジュリアン・デュヴィヴィエによって映画化、彼にとっての第一回トーキー作品でもある。34年、ナチスドイツの侵攻によりユダヤ人迫害が強まり、以降、危機の中で長篇小説を次々に執筆するも、42年にアウシュヴィッツ収容所にて死去。2004年、遺品から発見された未完の大作「フランス組曲」が刊行され、約40ヶ国で翻訳、世界中で大きな反響を巻き起こし、現在も旧作の再版や未発表作の刊行が続いている。

しばもりゆき

1950年生まれ。早稲田大学第一文学部卒。訳業に、『秋の雪』『ダヴィッド・ゴルデル』『クリロフ事件』『この世の富』『アダ』『血の熱』『処女たち』『孤独のワイン』『秋の火』『チェーホフの生涯』（イレーヌ・ネミロフスキー、未知谷）。2008年以降、イレーヌ・ネミロフスキーの翻訳に取り組む。

二人（ふたり）

2021年6月25日初版印刷
2021年7月15日初版発行

著者　イレーヌ・ネミロフスキー
訳者　芝盛行
発行者　飯島徹
発行所　未知谷
東京都千代田区神田猿楽町 2-5-9　〒 101-0064
Tel. 03-5281-3751 / Fax. 03-5281-3752
［振替］ 00130-4-653627

組版　柏木薫
印刷所　ディグ
製本所　牧製本

Publisher Michitani Co, Ltd., Tokyo
Printed in Japan
ISBN 978-4-89642-640-3　C0097

イレーヌ・ネミロフスキー著
芝盛行訳・解説

秋の雪

イレーヌ・ネミロフスキー短篇集

彼女の作品は「非情な同情」というべき視点に貫かれている（レニエ）。富裕階級の華やかな暮らし、裏にある空虚と精神的貧困。人間の心理と行動を透徹した視線で捉え、強靱な批評精神で描き出す。鮮やかな完成度を示す短篇集。

978-4-89642-437-9　208頁本体2000円

ダヴィッド・ゴルデル

フランス文学界に二度、激しい衝撃を与えた作家の、その最初の衝撃。バルザックの再来と評されたデヴュー作、戦前以来の新訳。敵と目される人々を次々に叩き潰して生涯憎まれ、恐れられてきたユダヤ人実業家の苛酷な晩年。

978-4-89642-438-6　192頁本体2000円